アメイジング・グレイス

宇野ひろし

鳥影社

アメイジング・グレイス　目　次

アメイジング・グレイス

わたしたちは、神からもっとも離れ、神に立ち戻るのは絶対に不可能なほどの極限の地点にいるものである。（シモーヌ・ヴェイユ）

究極のテーマ

人間。実におかしな存在といえる。ほとんどの人たちが生と死に無知なのはなぜか？すなわち、人間だというのに、それが何かを知らないことと同じだ。人生の真の目的もわからない。人類の平和などは皆目わからない。というのに、この世の短い人生に一喜一憂するだけだ。恐るべき存在といえる。

人間とは何か？　人はどこから来てどこへ行くのか？　その探究に走る者たちが少数だが昔からいた。しかし、真の答えを得ることのできた者は、ほとんどいない。

主人公の今村健一《いまむらけんいち》、二十三歳は社会人一年生だが、人間とは何かについて探究していた。それは学生時代からだ。彼は、大学時代、化学を専攻していたが、その究極のテーマを解くために、むしろ哲学や倫理学などに打ち込んだ。

その発端は、大学時代に恋人だった、メアリー・ブランシェットという女性の影響だ。彼女は留学生で、すでに高校生のころから探究を重ねていた、極めて希な女性だった。

だが、メアリーは去年の夏に亡くなった。

さて、健一だが、工業用ゴム製品製造販売の会社に勤務していた。都内の会社で、今はそこの社宅に住んでいる。

実は、彼の茨城県の実家でも、父親が同じ職種の会社を経営していた。今は見習い、あるいは修業中の身というわけだ。


「ああ、なんて暑いんだ。人類の環境汚染に対する自然界の報復だよ、これじゃ」

季節は夏の真っ盛り。健一は会社から帰宅した。夜の八時四十分を回ったところだ。彼はエアコンのスイッチを入れると、ランニングシャツ姿になった。

「社会人になったら、何の夢もなくなった……」

一人、つぶやいた。そして、部屋の真ん中で大の字になった。

三十分くらい涼むと、冷蔵庫から買い置きしておいたコンビニの冷し中華を取り出した。遅い夕食だ。

食事の後、風呂に入ると十時近くになった。それからテレビでも見ようかと思った、その時だ。部屋のドアをノックする音がする。

「はぁーい！」

「中岡《なかおか》だよ」

健一はドアを開けた。中岡というのは隣の部屋の住人だ。彼は会社で部署は違うが、先輩だ。

中岡は今年で三十二歳になるが独身だ。やせて細面で、髪をオールバックにしている。パジャマ姿で健一の部屋にやって来た。手には買い物袋に入れた缶ビールを持っている。

「中岡さん、こんばんは。どうぞ」

「よぉーっ。今村君、明日は土曜日で休みだ。まあ、ビールでも飲もうや」

「いつも、すみませんね」

健一は彼を六畳の部屋に招くと、隅にある折り畳み式のテーブルを中央に広げた。部屋のやはり隅には、平積みにされた本や雑誌の類が無造作に置かれている。あとは小さなタンスとテレビと冷蔵庫があるだけだ。

健一は冷蔵庫を開けて、つまみになるようなものがないかを探したが、何もない。

「あはは、いいよ。品切れなんだろう。気にするな」

「ど、どうも」

二人は、テーブルに座って缶ビールを飲み始めた。そして、いつものように世間話だ。しかし、今夜の二人の会話は、いつもと違った。というのも、健一の話の切り出しからだ。

「それにしても最近の世の中は、メチャメチャですね。狂気が漂っていますよ」

「んーん？　狂気……」

「その一例として、近年、この国では凶悪殺人事件が起きたりと。しかも無差別殺人とか」

「ああ、そうだな」

中岡は、大きくうなずいた。

「でも今村君、その他の犯罪もやたらと多いじゃないか。少年の犯罪が増えているのも、世の中がおかしくなっている一例だよ」

「ええ、このままでは悪人が増える一方ですね。原因は何でしょう？」

「人心が荒廃してきているとしか、私にはいいようがないな」

健一は腕組みをして、少し考え込んだ。

「人々の人心の荒廃ですか。確かに人々の心は、すさんでいると思いますね。結果として、人間不信の時代にもなっています」

「そのとおりだ。家族同士でも信用できない時代だ。なにしろ家庭内で殺人事件が起こるんだから」

「全くです」

「私は、この国が空前のペットブームだというのが、そもそも疑問なんだ。動物がきらいなわけじゃないんだけどね」

―実は、中岡、鋭い思索力の持ち主だ。そして、話の続きを語る。

「この国は少子化で子どもの数が減少しているというのに、ペットの数は増えて、その何倍もいるというじゃないか」

「――中岡さんの言いたいことが、何となくわかりますよ」

健一は缶ビールを飲み干して、コトンとテーブルの上に置いた。

「いいか今村君、隣人に愛情を注ぐことのできなくなった人たちが、動物に愛情を注いでいるんだ。すべての動物愛護者がそうだというわけではないが。ペットブームは、裏を返せば人間不信の時代の産物なんだ」

「な、なーぁるほど」

そして今度は健一が、あることに閃《ひらめ》く。

「それなら、他にもおかしなことがありますよ。空前のスポーツブームだということです。世界的に見てもそうですね。やはりスポーツがきらいなわけじゃないんですけど。それに感動を与えてくれますが」

「ん、確かにそうだが？」

「私は、選手もスポーツファンも勝ち負けにこだわるのはおかしいと思います。スポーツの起源は、自らの限界を試すことだったと、ある本に書いてありました。確か大学時代の体育関係のテキストだったと思います。しかも、今のスポーツときたら極めて消費的ですよね」

「そうだな。オリンピックなんか開催するにも莫大《ばくだい》なお金がかかる」

「そうなんですよ。世界的な大不況だというのに、人類はそんなところには平気でお金をつぎ込みます。まるで躁状態です。いっそのこと、もうオリンピックなんかやめて、不幸な人々のために寄付したらどれほどすばらしいでしょうね。極端なことではないでしょう」

「全くそのとおりだ。そもそも今のスポーツは完全に娯楽の部類だ」

「でも、昨今のニュースにスポーツがないと、暗いニュースばかりになって、テレビなんか見る人はいなくなるかもしれませんね」

「あっはっは」

「ですが、スポーツが勝ち負けだけのものであるなら、裏を返せば、人間が勝利と敗北の魔界を好むようになったということでしょう！」

健一は、ついに興奮気味になった。

中岡は一言、「魔界」とつぶやくと、二本目の缶ビールの口をプシュンと開けた。

健一は話を続ける。

「スポーツだけではなく、人間は競争することが一番よくないと思います。競合の意識は悪魔の意識なんですよ」

「――ん、わかった。君は、それが聖書の原罪につながるといいたいんだろう。アダムとエバは、自我の芽生えによって、自分と他人を区別するようになった。それで裸でいるのが恥ずかしくなった。それが今村君の原罪論だったね。よって、人間同士で競い合うことなど、もってのほかだと」

「そのとおりです。――しかし、今の私の仕事も他の社員との競争ですよ。まだ研修中だからいいんですけど来年はたいへんです。営業部の社員の成績は、棒グラフで社内の掲示板に貼り出されます。

中岡さんは、事務所のコンピュータ室でプログラマをされていますが、どうですか？」

「同じだよ。他のプログラマといつも競争だ。プログラマに仕事上のミスは付き物なんだけど、ミスが続くと最後には仕事が与えられなくなる。つまり、クビってこと」

中岡は、しぶい顔をした。実は最近、大きなミスをしたばかりだ。

「中岡さん、私は世の中がいやで……。人間はもはや、人心の荒廃というより動物化してきています。競合の意識などというものは、動物の雄の本能と同じです。つまり、雌の分捕り合戦のそれですよ。弱肉強食の世界を好むようになったんですよ。

それに、テレビ番組でグルメとかやっていますが、そういうものを夢中で見ている人たちは間違いなく来世は動物でしょう」

健一は頭を左右に振りながらいった。

「人間の動物化か……」

「動物人間は、競合することから戦争さえ引き起こすんだと思います」

「――君は、社会人一年生だというのに実に老成してるね」

「やはり私は、学生時代から人間とは何かのテーマを探究していたからでしょうか。しかし、最近は、探究するほどわからなくなります」

「――確か、君の今は亡き彼女は、人間は神の子だといっていたんじゃなかったか？」

「はい。メアリーは、確かにそういっていました。でも、神の子というのは、ギリシャの哲学者プラトンがすでにいっていたんですよ。それに、神の子だとしても、なんでこんな世界にいなければならないのか、その意味が不明です」

「彼女はプラトンの思想に共鳴したんだよ」

「でも、私たち人間は神の子とは、ほど遠い存在に思えますよ」

「ん、わかるよ」

「そして、人生なんて虚しいだけです」

「でも、君は父親の後を継げば会社の社長になれるからいいじゃないか。人生に夢があるだろう」

「私は父親の会社の後を継ぐ気はありません」

「どうして？」

「同族会社なんですよ。会社の重役たちは、すべて親戚《しんせき》の者たちがやっています。そして、父親の社長は会社で威張ってばかり。独裁者と何ら変わりません。それに零細企業だから、いつ、つぶれるかわかりませんよ」

「ふーん。実に今村君らしい考え方だよ。でも中小企業なんて、ほとんどが同じようなものじゃないか。社長なんかも似たり寄ったりで」

というと、中岡は座布団を枕《まくら》にして横になった。酔いがまわってきたようだ。そして彼は何か思い出したようなしぐさをして、いった。

「でも、今村君は学生時代からクリスチャンだろう。聖書には人間とは何かの答えがあるんじゃないか？」

「人間は神に創造されたとあるだけで、その答えはありません。しかも原罪を負った存在が人間で。――まあ、私などは聖書に関してまだまだ勉強不足ですが」

「今は教会に行っているの？」

「彼女が亡くなってからは全く行っていません。プロテスタントの教会に通っていたんですけどね。

　私は教会の雰囲気がいやで。メンバーの中に、いろんなことをいう人がいたんですよ。教会に顔を出さないと、悪魔に取り付かれているとか。それと、他の宗教の非難ばかり。教会は神聖な場所というイメージがありますが、そうともいい切れません。

　それにメアリーは、信仰の基本は、神と個人といっていました。よって、教会はさほど重要なものではありません」

「そうだったのか」

「あぁあ、人間っていったい何なんでしょう、ね？　それがわからないと、私は無意味に人生を送っているとしか思えないんです。既成の宗教に、それを求めてもムダなような気がします。そもそも宗教なんて死語に近い言葉ですよ。新興宗教団体の連中がメチャクチャにしてしまいました。

　……死にたいなって思うこともあります。メアリーも死んじゃったし……」

「死にたいだって！　それは一番いけないよ。まあ、気楽に考えろ。でも、君のような若者が死にたいと思うことがあるんだ」

「いや、近年では子どもが自殺をしたとかの事件もあるじゃないですか。しかも、この国では、年間三万人近くの人たちが自殺で命を絶っていますよね」

そういうと健一は横になった。そして、その夜は二人とも、そのまま朝まで寝てしまった。

メアリー

中岡は次の朝、目を覚ますと、自分の部屋に帰って行った。

健一は一人、部屋でメアリーの思い出に浸っていた。昨夜の中岡との話で、久しぶりにメアリーのことに触れたからだ。

彼女はアメリカ人で、ブロンドの長い髪が素敵だった。そして、身長が百七十センチくらいあるプロポーション抜群の美人だった。しかも、外見だけの美人ではなかった。

二人の出会いは、東都大学時代のことだった。出会いのきっかけは、一年生から四年生までが一堂に会する選択科目の講義だった。席が隣り合わせになった。

講義の始まる前、彼女のほうから健一に話しかけてきた。

「あなたは何年生ですか?」

「三年生です」

「えっ。あなたは、ちょっとふけて見えるから四年生だと思いました」

「そういうあなたは何年生ですか?」

「あなたと同じ三年生です。ニューヨークの大学から、この大学に編入学してきたばかりです」

「ん。あなたは私と反対で、少し若く見えます。外人さんだからですかね」

——最初の出会いは、この会話からだった。健一は鮮明に覚えている。季節は春で、あたたかい日だった。

その講義の後、二人は大学を抜け出して、近くにあるオアシスという喫茶店に入った。そして話がはずんだものだ。

彼女の母親は、日本人だった。ニューヨークに渡り、デザイナーとして成功した人だ。父親は、アメリカ人だ。ウオール街で金融関係の仕事をしていた。

メアリーは、アメリカ人と日本人のハーフというわけだ。どうりで日本語も全く問題ない。

彼女は将来、アメリカか日本で自分のブティックを持つために、経営学を学びに日本にやってきた。だが、ニューヨークの大学では、物理学を専攻していた。当然、理工系の学科は得意だった。

……しかし、もう帰らぬ人だ。大学四年の夏だった。不治の病に冒された。悪性骨腫瘍《しゅよう》だった。

「メアリーに会いたい！」

健一は部屋の畳にうつぶせになり、畳をたたいて嘆いた。

メアリーとの交際は、約一年半だった。彼女は恋人であったが、彼にとって師といえる存在でもあった。彼女のおかげで、それまでの荒々しい性格も直った。それを裏付けるのは、健一は大学のボクシング部に籍を置いていた。

メアリーは敬虔《けいけん》なクリスチャンだった。よく聖書の話を聞かせてくれた。いや、教えてくれたのだ。そして、彼女に連れられて教会に通った。

だから、交際は清いものだった。まあ、口づけくらいは交わしたが、それ以上にはならない。「ここから先は、結婚していないとダメよ」といわれてしまう。

今、健一の部屋には、彼女の形見となった英語の聖書がある。彼女はいつも、その聖書を持ち歩いていた。ページを開けば、赤線の引かれたところがいたるところにある。

そして「日本人は、なぜ、神様のことを勉強しないんだろう」というのが口癖だった。つまり、聖書を手に取って読む人などは、極めて少ない。

しかも、この国でクリスチャンは、全人口の約一パーセントで年々減り続けている。聖書の神などには関心を持たないということがいえる。彼女が、そのようにいうのも当然だと彼は思った。

だが、メアリーは、それを非常に嘆いていた。この国では、その弊害が最も悪いかたちで現れているといっていた。先にもふれたが、自殺者の増加だ。——だが、健一は、一番よくないことだとわかっていながら、死にたいと思うなどと昨夜は口走ってしまった。もしメアリーが生きていて、そばでそれを聞いたならば彼を一喝しただろう。

というのも、彼女はやはり、その真の要因こそ神を知らないことによるといっていた。

自殺。それは神に対する大きな罪だそうだ。なぜなら人間は､神に生かされている。それゆえ、自殺によって放棄することは、神への冒瀆《ぼうとく》にも等しいといっていた。

そもそも人間の最小限の義務とは、自らの生命を管理することだという。ただし、少年の自殺の場合は、周囲の大人たちの責任であり、罪だそうだ。

そして人間は神に生かされているという証明があると、彼女はいっていた。まず、人間の心臓を動かしているのは、神だという。脳、そして自律神経が動かすというのは、全く答えにならないそうだ。

現代医学はそのメカニズムを何も解明していないという。人間の肉体の根本が解けないということだ。

また、ミクロの世界では、原子核とまわりに配置されている電子の関係が不明だという。いったい何の力で生成されているかである。

学問の最先端といわれる物理学も、根本のところは何も解明していないのだ。解明できないのは、あらゆる物質の生成も神の力によるというのが彼女の説明だった。

マクロの世界では、もっと明白だ。地球が何の力で自転公転しているのか不明である。もし人類がそれらの代価を払ったら、あっという間に人類は破産する。人間が自ら生きているという部分は極めて微細だ。

人類は約五百年前に、やっと地球が動いているということを発見した。が、しかし、その先の解明が一向に進まない。

結局のところ自然科学は、法則を解明する学問であり、原因を解明するものではないという。

つまり、未来永劫《えいごう》、原因にたどり着くことはないのだ。

彼女によれば、やはり宇宙というメカニズムを動かす根源も神だという。よって、自殺であるが、人はまず、それは神に対する罪だということを知るべきだといっていた。

だが、この国には英語の「ＳＩＮ」、神に対する罪という言葉がない。そもそも神（ＧＯＤ）の概念があいまいな国だ。

健一は、メアリーと出会ったあの喫茶店で最初に話をした時、そのことが十分に伝わった。

彼女は、いっていた。

「私が日本に行くことを、お父さんとお母さんに話した時、とても心配したわ。最初は猛反対ね。お母さんは日本人だけど、それでも心配したわ」

「何を心配したの？」

「この国のほとんどの人たちが、神様を知らないってことね。どういう意味だかわかる？　でも、どうしても、この国のマネジメント（経営学）を勉強したくてきたの」

「それは一神教の神を知らないってことだね。あなたの国では、つまり聖書の神だ」

「そう！　そういうこと」

「ふーっ、神ね。この国には神がいっぱいいるんだけどね。いや、神々というべきだ」

「カミガミ？――それは、エンジェルのことでしょう」

「エンジェル。天使ね。――ああ、そうか。神々は、天使と考えればいいのか」

実は、健一の出身高校はプロテスタントのミッションスクールだった。彼は、すでに高校生の時、少し聖書を勉強していた。

だが、日本のミッションスクールは、形式だけのものがほとんどだ。彼の出身高校も例外ではない。卒業したところで、聖書の内容などそう簡単にわからない。

「メアリーさん。神っていうのは、いったいどこにいるんだろう？」

「神の国ね。この世にはいないわ」

「いない……？　だから、この国の多くの人たちは、神様に関心を持たないんだよ。それじゃあ、説得できないよ」

すると彼女は、眉間《みけん》にしわをつくって険しい表情を見せた。

そして、先ほどの説明と重複するところがあるが、きっぱりといい切った。

「説明できるわよ。まず、宇宙には法則があるわ。一日は、二十四時間。一年は、三百六十五日と五時間四十八分四十六秒ね。この大法則は、神様が神の国からつかさどっているから成立しているのよ」

「な、なるほど。宇宙に法則がなかったら混沌《こんとん》とした状態のままだろうね。大法則の根源に神様がいるってことだ」

「わかってくれたようね。うれしいわ」

彼女は、ほほ笑んだ。

――そういえば、ペットブームのことを中岡は話題に持ち出したが、メアリーがあることをいっていたのを思い出した。交際が始まって三ヵ月くらいの時だ。

確か動物愛護者たちは、一切、肉を食べるなといっていた。

そして彼女は、健一に質問した。

「人間と動物の根本的な違いは、何だと思う？」

「うーん？　人間は万物の霊長で、頭脳が発達していることかな……」

「私の答えは、ただ一つ。神を理解できるのが人間で、動物には絶対に不可能だということ」

とにかく彼女は、神においては徹底していた。神を認めない者は動物と同じだとも解釈できる。

そして彼女の神とは、イエス・キリストだった。ただし、聖書ではイエスが父と呼んでいる神の存在がある。が、しかし、空々漠々としていて、彼女にもわからないという。

彼女は、「神はその子、イエス・キリストを通し、聖霊によって自ら啓示し、救いのわざをする」という教義を信じていた。三位一体の教義だ。よって、地上に現れた目に見える神は、イエス以外にないということになる。


健一は、メアリーの死に際を思い出していた。都内の病院の個室でのことだった。その時は当然、彼女の両親もそこにいた。母親は約三カ月前から日本にきて、付き添いをしていた。

彼女は苦しそうな表情を全く見せずに、静かに語った。

「お母さん、お父さん、そして健一、心配しないで。私、神の国に行くことができるのよ。今、神の国の方がきて、そういったわ。どうやらお別れの時がきたようね。……ありがとう」

両親は泣き崩れた。

最後に彼女はいった。

「健一……」

「メアリー！　何だい！」

「ま、また会おうね……きっとよ」

次の瞬間、息を引き取った。

——あれから、ずっと「また会おうね」という言葉が頭から離れたことはない。

彼女は当然、英語のほうが得意だ。なのに最後の別れの言葉は、すべて日本語だった。健一には、自分へのメッセージだったのかとも思えるのだった。


そして健一は、日に日にメアリーへの思いが強くなっていった。故人だというのにだ。また、彼女は今、神の国にいると確信していた。

神の国。メアリーは、そこに行くのが最もふさわしい人だったと、彼は直感したからだ。

彼女は学生時代、恵まれない人たちに匿名でお金を寄付していた。匿名にするのは、「天に宝を積むためだ」といっていた。

寄付するお金を捻出《ねんしゅつ》するために、レストランでアルバイトをしていた。そして仕送りと合わせて、少しでも生活にゆとりが出ると、わずかのお金でも寄付していた。

今どきの学生のような生活とは、全く無縁であった。ケイタイやパソコンなどは持たない。酒、タバコは当然、やらない。一言で禁欲の生活に徹していた。

下宿先に行くと、読書をしていることが多かった。形見になった聖書は、一番よく読んでいた。

いつだったか、彼女に、天に宝を積むこと以外にもお金を寄付する理由があるのかと聞いた。

だが、逆に質問が返ってきた。

「健一。二十一世紀に人類が一番最初にやるべきことは、何だと思う？」

「――ん？　世界平和を実現すること……かな」

「いいや、その前に第一段階として絶対不可欠なことがあるでしょう」

「わからない」

するとと彼女は腕組みをして、彼の目を見据えていった。

「餓死者の出ている国々の人たちを救うこと。これに尽きるわ。――国連なんか、いったい何のためにあるのかしら。疑問だわ。だから私は、そのような人たちのために、わずかなお金でも寄付しているのよ」

「わ、わかった。全くそのとおりだ」

「そうね――。天に宝を積むというより、私のやっていることは、本当はあたりまえのことよ。

そうでしょう」

「うん」

健一は、彼女の言葉に非常に感動したものだ。二十世紀に人類がやり残した最大の課題が、それだと思ったからだ。

だが、二十一世紀になった現代、世界はそのような方向に動いていない。彼女の志であったこととは裏腹だ。世界中が混迷の時代に入ったといえる。

民族間の争いは、大きな戦争はないが激化しているといえる。また、内戦がいつ勃発《ぼっぱつ》するかわからない国もある。さらには、テロリストが潜む国。危険な独裁者の支配する国もある。この国も例外ではない。

二十世紀には、宇宙船地球号という言葉さえ叫ばれていたのにどうしてだろう。すなわち世界中の人類が、民族や宗教の違いを超えて一つになろうとしていた。

健一は、今世紀も彼女がいっていたことは到底実現できないと思い至るのだった。いや、もはや世界は、最後の審判を待つのみだとさえ思える。刻一刻と状勢は悪くなる一方だ。

しかし、彼女は世界規模で物事を思索できる偉大な人であった。また、清廉潔白で神を信じていた恋人は、聖女であったとも思える。

アパートの隣の中岡と話をした次の日から数えて約一カ月もすると、健一はメアリーのことで頭がいっぱいになった。そして、次第にリアルに感じるようになっていった。

——ある日の夜、タンスの奥に仕舞い込んでいた二人の思い出が詰まったアルバムを取り出した。彼は、半年ぶりに写真の彼女を見た。

頭の真ん中から分けたブロンドのロングヘア。左のほうが、ほんの少しだけ釣り上がった眉《まゆ》。エメラルドグリーンの透き通った目。少しこけたほお。少し厚い下唇。白い肌。やはりメアリーは美しい。いや、飛び切り美しい。また、性格は、一言でとても明るく、いつも笑いがたえなかった。唯一の欠点は、たまに皮肉をいうことだった。だが、その後、すぐに「今のは忘れて」というのも口癖だった。そして好きな言葉は「平和」と「感謝」だった。

さらには、「人間が人間に関心を持てなくなったらおしまいね」とも、よくいっていた。今にして思えば、意味深長な言葉だ。中岡と話した人間不信の時代を示唆する言葉に思える。

——また、健一は、なんで自分のような者に彼女は好意を持ち続けたのかと振り返った。それは何事も彼女のいうとおりにしていたからだろうか。彼女の真似をして少しばかりの寄付もした。そして清い関係でいたからだろうか。

いや、メアリーに勧められて自分もクリスチャンになったこと、これに尽きる。よって二人は、神を媒体とした恋人どうしだった。

交際を始めてすぐに、彼女がいつも聖書を持ち歩いているので聞いたことがある。聖書は、あなたにとって何かと。するとメアリーは、私の人生のすべてだと答えた。さらに聖書の中で最重要なのは、イエスが「だから、こう祈りなさい」といって示された主の祈りを祈ることだという。また、主の祈りこそ、思想、哲学、宗教、道徳の最終結論であるともいっていた。

彼女は祈りの人だった。当然、健一もよく祈ったものだ。それは教会の礼拝の時だけではなく、あらゆる時にだ。

彼にとってメアリーは、人間としての理想像だったとも今は思える。だが、彼女が亡くなってからは、祈りは空回りするだけだ。

——健一は交際中に、メアリーは自分にはもったいない存在だと何度も思ったものだ。

彼は、身長が彼女よりほんの少しだけ高いだけで、たくましい男でもない。顔は、ややハンサムなほうだと自分では思っていた。

だが、外見だけでも彼女にふさわしい男は、ハリウッドの映画俳優くらいだろうと、今は思う。手をつないで町を歩けば、いつも注目の的だった。だれもがメアリーに注目する。

健一は、ついに仕事も手につかない日々が続いた。そして彼の担当の顧客から会社にクレームが来るようになった。

社宅のアパートの部屋は、散らかり放題だ。もう、精神状態が限界に近いところまできていた。

——ある日の夜、彼は近くの公園のベンチに座りながら、夜空に向かって大声で叫んだ。「メアリ——ッ！　会いたい——！」

奇妙な病気

健一のメアリーへの思いはピークに達していた。食事も満足にのどを通らない。この数日の間に五キロくらい体重が減った。

そして会社が夏休みに入った。夏休みといっても八月十三日からの盆休みだ。しかし、彼は実家に帰る様子もない。それどころか寝込んでしまった。

時々、電話が鳴ったり、ドアチャイムが鳴ったりするが彼は反応なしだ。

さて、茨城県の実家ではたいへんだ。社宅の管理人さんに電話をすると、外出していて部屋にはいないようだという。では、どこへ行っているのか。

このように家族が心配するのは、ここ半月くらい彼の異変を察知していたからだ。

また、彼は業務用のケイタイを持っているが番号を教えない。そこで家族は、会社に電話をしていた。そして電話口での彼は、まるで元気がなく、何か非常に悩んでいるように感じられた。いったいどうしたのかと問いただしても、何ともないとの一点張りだった。

両親は彼の上司にも電話で確認していた。だが、上司も健一に起きていることは、さっぱりわからない。ただ、仕事をしていても元気がなく、ボーッとしている日々が続いているといっていた。当然、上司も健一に問いただしてみたらしいのだが、結果は同じだった。

実は、健一とメアリーの経緯を知る者は、隣の部屋の中岡と大学時代の友人数名しかいない。だが、大学時代の友人とは卒業と同時に交友関係がなくなった。

よって、中岡だけということになるが、彼には二人の思い出話をした程度で、一部始終はわからない。両親にもメアリーのことを話したことが一度もないのだ。

八月十五日、両親は東京の彼のところに向かった。だが、ドアの外でいくらベルチャイムを鳴らしても、ドアをたたいても一向に返事がない。そこで管理人さんにカギを借りてきて中に入った。

「健一ーっ！」

母親の友子《とも》は彼の名を呼んだ。しかし、返事がない。そして六畳の部屋の扉を開けた。

エアコンがついている。

健一は部屋の真ん中で、布団の上に薄い毛布を一枚かけた状態で寝ていた。

彼の向かって右側のスペースには、描《か》き終えていない油絵のカンバスがあった。畳の上に新聞紙をひいて、壁に斜めに立て掛けられている。絵の具のにおいが漂う。

実は、彼の趣味は油絵だった。子どものころから絵が得意だった。

それは、メアリーの肖像画だった。だが、絵の背景の部分に「うまく描けないよ。メアリー」と赤い絵の具で記されている。

それを見た両親は、ただならぬものを感じた。

「寝ているだけじゃないのか。顔色も悪くない」

と、父親の良一は小さな声でいった。

しかし、友子は大声を出した。

「いや、ひょっとしたら死んでいるんじゃないの！　健一ーっ！」

彼女は寝ている彼の肩をたたいた。だが、目覚めない。

「ああ――っ！」

友子は、彼の胸を揺さぶって泣き叫んだ。

「おい、ちょっと待て！　健一は息をしているぞ。それに脈もある。死んじゃいない」

良一は、彼の手首の脈を取りながらいった。それに、かすかな寝息を立てている。

「あなた！　どうなっちゃったのかしら？」

「とりあえず救急車だ！」

――約二十分後、健一は救急車で病院に運ばれて行った。救急車には友子が同乗した。病院は、彼の出身大学である東都大学の医学部付属病院だ。

良一も部屋に鍵をかけて、急いで病院に向かおうとしたその時、隣の中岡がやってきた。彼は外出していたらしい。実家には帰っていなかった。

「健一君のお父さんですか！」

「はい」

「今、救急車で運ばれて行ったのは健一君ですよね！」

「そ、そうです」

「彼は、部屋にいたんですか？　私は、てっきり実家に帰っていると思っていました。部屋にいるような気配が全く感じられませんでした。

——あっ、私は中岡と申します」

「いつもお世話になっております」

「健一君は、いったいどうしたというのですか？」

「眠ったまま、目を覚まさないんです」

「目を覚まさない……？」

「まあ、とにかく病院に連れて行きましたから、それからでないと何もわかりませんね。あっ、そうだ、中岡さん。ちょっと部屋の中を見ていただけませんか」

「何でしょう？」

良一は、もう一度、鍵を開けて中岡を中に入れた。

「この絵の外人さん、だれだかわかりますか？」

「健一君の大学時代の恋人だった、メアリー・ブランシェットというアメリカ国籍の人です。大学四年の夏、病気で亡くなっています。ですから一年前ですね。私は全く面識がありません。彼は、アルバムをよく見せてくれました。それと、彼女がどのような人だったかは聞いています」

そして中岡は、良一に、自分が知る限りの健一とメアリーの経緯を簡潔に話した。

それから良一は、急いで病院に向かった。

――そのころ健一は、集中治療室で検査を受けていた。

良一も、すぐに到着した。両親は治療室の外で医師たちの報告を待った。だが、それから一時間しても二時間しても医師たちは出て来ない。

「健一は、仮死状態なのかしら？」

と、友子がいった。

「いや、違うだろう。仮死状態というのは、呼吸をしないで、心臓が止まった状態をいうんじゃないか」

その時だ。治療室のドアが開いた。年配だが大柄の男の医師が出てきた。頭を左右に振って、さえない顔をしている。

「えーっ……何といったらよいか、めったにない症状です」

「そ、それはどういう？」

良一は、あわてた。

「眠っていて、何をしても目を覚まさないのです。他には何の異常も見受けられません。昏睡状態であるとはいえますが……」

両親は言葉を失った。

「まあ、このまま様子を見ましょう。食事はできませんから点滴を打って。それ以外の処置は今のところできません」

確かに健一は眠っているだけだった。やはり寝息が聞こえる。顔も、こわばった様子がない。

そして、次の日から個室に入院の運びとなった。付き添いは母親の友子だ。良一は会社の切り盛りがあるので、その日の夜、家に帰った。

それにしても、たいへんなことになった。このまま死ぬまで目を覚まさないなら、健一は生きる屍《しかばね》だ。

医師たちは、彼の昏睡状態の原因がさっぱりわからない。昏睡状態は、急性肝炎が進行した時に起こることがあるらしい。が、しかし、彼は違う。

奇妙な病気に取りつかれてしまったとしかいいようがない。

神々の世界

さて、健一はいったいどうしたというのであろうか？

実は、ただ眠っているだけではなかった。彼自身に、摩訶《まか》不思議なことが起きていたのだ。あるいは、それを超自然的現象というべきなのか。

眠りについたのは、八月十三日の夜だった。彼は最初、夢を見ているのだと思った。だが、少しして現実だと気づいた。

まず、天井から寝ている自分の姿を見ていた。その状態が約十分くらい続いた。あまりにもリアルに感じられた。それで現実に起きているのだと実感したわけだ。

もう一人の自分が肉体から抜け出したのだ。しかし、なぜか全く動揺しなかった。これが、オカルトの世界でいわれる幽体離脱なのか、などと思いをめぐらしていた。

事実、彼はテレビなどで、自分と全く同じ体験をしたとか見たことがある。

と、その時、彼の抜け出した体は天井を通り抜けた。天井を突き破って抜けたのではない。

さらにアパートの階を上へと通り抜け、あっという間に地上百メートルくらいの上空に出た。

そして停止した。

少しすると、頭は夜空の方向、足は地上へと向きが整えられた。すなわち、立ったままの姿勢で空中に浮いているのだ。彼の正面は、北の方角だ。

何かの力で強制的に彼はこのような状態になった。それが何であるかは、さっぱりわからない。夜の東京が一望できた。色とりどりのネオン街。ライトアップされた東京タワー。しかし、全く関心が持てない。

彼は夜空を見上げた。月や星々が手の届くところにあるかのように、身近に感じられた。

少しすると、きらきらと光る一つの星が目に止まった。だが、星にしてはあまりにも明るい。

そう思った瞬間、その星、いや光は、彼を目掛けて猛スピードで近づいてきた。

約二、三分で彼の正面、三メートルくらいの上空にきて停止した。光は直径四メートルほどの球だ。近くで見ると、黄色い穏やかな光を放《はな》っている。まぶしい光ではない。

彼は、これがわけのわからない人たちがいっている未確認飛行物体かとも思った。だが、それよりも、ついに自分は死んでしまったという思いが強く過《よぎ》った。

つまり、目の前の光の球は、健一を迎えにきた何かだと。そして、もはや幽体離脱などではなく、よくわからないが霊魂そのものが抜け出たのだと。

すると光の球は、みるみるうちに人の姿に変身した。だが、背中に白い翼を付けている。健一は、天使だと直感した。今の今まで、そのようなものが実在するとは半信半疑だったが。しかし、聖書には、その記述があり、天使は登場する。

また、彼は天使というイメージから、自分は幻想の世界にでも入ってしまったのかとも思った。

天使は、ほほ笑んでいる。顔は、男か女かよくわからない。一見、彫刻でつくられたような顔だ。

髪は茶色で長く、先端が縮れている。服は上半身が赤一色だ。下半身は、中世の騎士のような鎧姿《よろいすがた》だ。

「今村様。私の使命は、あなたをメアリー様のところにお連れすることです」

と、天使はいった。

「なに！　メアリー！　天使さん、あなたは何という天使……いや、お名前は？」

「私は名乗るほどのものではありません」

「でも、名前はあるのでしょう？」

「あります。しかし、私たち天使というのは、神と人との仲介者であり、神意を人に伝え、人を守護するのが役目です。ですから人に対して名を名乗るようなことは、まず、ありません」

どうも天使は、とても謙虚な様子だ。

「今村様。あなたは今、魂だけの体になりました」

「魂……ですか？　私は、幽体とか霊体ではないのですか？　肉体以外の目に見えない体をそのようにいう人がいますよね」

「死んで迷った世界に赴く人たちが、魂に幽体や霊体という身体をまとうのです。さらには、精神体という身体もあります。つまり、肉体以外の身体です。しかし、神の国に赴く人たちは、何もまといません。魂だけの人間本来の姿になるのです」

「メアリーは神の国にいるのですか？」

「はい」

「私は死んだのですね。でも、病気でもなかったのに、眠ったら死んでいたなんて？」

「いいえ、あなたは死んでいません。あなたの肉体が死んでいないということです」

「どういうことですか？」

「あなたの頭の上から見えない細い糸が出ています。神の糸と呼ばれています。その糸が肉体とつながり、心臓を動かしているのです。糸は、どんなことがあっても切れません。また、無限に伸びるのです」

健一は頭の上に手を当てた。だが、神の糸などない。

「うふふ、今村様。魂の体でもその糸に触れることはできません」

「なぜですか？」

「文字通り神のものだからです。神が見えますか。神に触れることができますか」

「……」

と、ここで健一は、たいへんな疑問が浮上した。

「私の肉体が死んでいないということは、また、地上に戻ってくるのですか？」

「そうです。あなたの地上での死は、まだ、先のことです」

「うーん？　私は死んでいないのに、なぜ神の国に行く、いや、いけるのですか」

「それは、あなたが一番存じていることでしょう。メアリー様への思いが神の国に達したのです」

「わ、わかりました。それから私の肉体から魂を離脱させたのは、天使さん、あなたですか？」

「そうです」

「えーと、それと、あなたがた天使には神の糸とかがないのですね。肉体がないでしょうから」

「いい忘れました。神の糸はもう一本、頭上から出ていて神と魂はつながっているのです。人類も他の生類も私たち天使も同じです」

「ん、糸を伝わって神からエネルギーが送られているのですか？　電気のような」

「そのとおりです。魂の食物と考えればよいでしょう。魂は、それのみで維持できるものではありません。乱暴ないい方になりますが、魂は神を食物とする生き物といえます」

――天使は空中を移動して近寄ってきた。そして、彼の右手を握ったかと思うと、羽ばたきながら天に昇って行った。

「では、神の国に向かいます」

「地球からだと遠いのですか？」

「はい。まずは、太陽系の外に出ます。さらに半物質の世界を越えたその先が、神の国です。半物質の世界とは、先に申した死後に迷った人々の世界です」

「でも死後に迷った人々の世界なんて、聖書に記述がありませんよ。他の宗教が説くように実在するのですか？」

「はい」

「イエスは、なぜ、それを説かれなかったのですか？」

「説くに値しないとお考えになったからでしょう。その世界は、俗言で霊界と呼ばれています」

「――ん？　霊界の人々は何に迷っているのですか？」

すると天使は振り向いて、ちらっと健一の目を見た。そんなこともわからないのかと、内心、疑問に思ったに違いない。

少しだけ間を置いて天使は答えた。

「人類の真の目的がわからないので、迷っているのです。しかも霊界は、他の生類の死後の世界の中に人類が造り出したものです」

「造り出した……？」

「神は、ご自身に似せて人類を造られました。そして、似せてという意味は、姿だけではないのです。その能力もです。ですから、人類も万物を創造する力があるのです。すなわち、一人一人の思いは力なのです。不調和な思いは、天変地異さえ引き起こします。ただし、神と比べれば、それこそ微々たるものです」

「そうだとするなら、メアリーが生前、人類は神の子だといっていたことは正しいですね」

「その考えは正しいですね。ただし、イエスも神の子、いや一人子と呼ばれていますが、意味は全く違います。実は、イエスは神の化身なのです。よって、神でもあるのです」

「化身ですか？」

「しかも、神の化身はイエスだけではありません。地球という惑星に降臨された方はイエスだけで、聖書には一人子と記されています」

「へぇーっ。そうだったんですか」

「先に『創世記』の記述について申しましたが、実際には『神は、われわれに似るように、人を造ろう』と記述されていますね」

「あっ！　神が複数であることの聖書の謎の記述ですね。——神の化身たちが人類を創造したのですか？」

「そのとおりです」

——このように会話をしているうちに、地球の大気圏を越えた。

健一は歓喜の声を上げた。

「まるで宇宙遊泳をしているみたいだ！　魂の体はすごい。宇宙空間でも全く平気だ」

「魂よりも偉大なものは、物質世界で何もありません。魂は、神の体と質が同じだからです」

やがて、地球が小さくなって行った。

「今村様。私たち天使の世界をお見せしましょう。実際には、神々の世界と呼ばれています。まずは、内惑星の金星に行きます」

「えーっ！　金星ですって？　確か、表面温度が摂氏四百度以上で、地表の大気圧力が地球の百倍でしょう」

「魂の体なら、熱さや大気の圧力など何も感じません。私たちの体も同様です。物質世界の環境など何も関係ありません。そして魂の眼は、肉眼では見えない金星表面の私たちの世界を見ることができます」

「うーん？」

「物質世界というのは、同じ空間に別の違った構成要素を持つ物質が重なって存在することが可能なところなのです」

「魂の眼ならそれがわかる、いや、見えるのですね？」

「はい。ほとんどの人類の死後の世界である霊界でも全く同じことがいえます」

と天使はいうと、健一の手を強く握り、スピードを上げた。あっという間に金星に近づいた。

「美しい。何て美しいんだろう！　雲に太陽の光が反射して金色に輝いている。正に金星と呼ぶにふさわしい惑星だ」

健一は、また歓喜の声を上げた。

そして雲の中に突っ込んで行った。

だが、健一は、眼の左右の外側のわずかな部分に灰色の雲を確認していた。彼の眼は当然、肉眼で見えるものも確認できる。

やがて地表に近づいた。まず、巨大な金色の山並みが見えてきた。どれも富士山のような形をした火山だ。しかも、高さが一万メートル以上ある、地球上にはあり得ない火山だ。

それにしても、あたり一面が金色、いや、黄金色の世界だ。空の色が映し出されて、そのように見える。

健一は不自然さを感じた。

「天使……神々というのは、黄金色が好きなのですか？」

「好きというより、私たちを象徴する色なのです。神がそのように決められたのです」

「うーん。何となくわかるような気がします」

山並みの間に神殿らしき建物が見えてきた。神々の住みかだ。神殿は様々な色をしているが、黄金色に覆われているので、よく見ないと識別できない。

エジプト風、ギリシャ風というように、その造りも違うようだ。神殿の集まりも、それによって分けられている。

神々の姿も確認できる。エジプト風の神殿の前には、鳥の顔を持つ神々。インド風の神殿の前には、ヒンドゥー教の神々などだ。

だが、それらの神々の前で手を合わせる人々の姿も見える。かなりの数だ。

天使は説明する。

「彼らは、生前から神々を崇拝していた人たちです。神々とともに、ここに住んでいます」

「……ん。それは悪しきことではないですか？　『十戒』は、『あなたは、わたしのほかに、ほかの神々があってはならない』で始まりますよね。最も重要な戒めを破ることでしょう」

「いや、その神々というのは、私たちのことではないのです」

「えーっ！　それは何ですか？」

健一は顔をしかめた。

「地上の世界の地位名誉財産などのことです。多くの人類は、そのような地上の神々、すなわち偶像を崇拝しているのです」

「――なぁーるほど、そういうことですか」

「この世界の人々は、また地上に生まれかわります。しかし、向上が約束されるのです。よって、多神教の国で神々崇拝は最善のことです。ただし、存在しない神々を崇拝することはいけません。それは偶像崇拝です」

「向上が約束されるとは？」

「やがてイエスにたどり着くのです。すなわち私たちの主である神にです」

「イエス……神。しかし、他の宗教を信仰する人たちには拒絶されませんか？」

「いいえ。拒絶しようが、そんなことは関係ありません。イエスは、神の国への門でもあります。よって、何人といえど、いつかはイエスのもとに行くのです」

「……」

「イエスは『わたしは天においても、地においても、いっさいの権威が与えられています』と、おっしゃいました」

「私は、それで納得がいきます。が、しかし、やはり他の宗教を信仰する人たちですよね、どうなるのですか？」

「他宗教の根本は、イエスの教えと融合するものです。イエスを信じていなくても、教えを実践する人たちは、救われます。すなわち神の国に引き上げられるということです」

「真理は一つだという意味ですか？」

「そうです。イエスは、神の国への門だといっても、神の国には仏教を信仰する人たちもいます。人類は宗教に対する属性が、みな違うと聞いたことがあります」

「うーん。しかし、地上ではその属性の違いによって争いが起きていますよ」

「――私にその答えはわかりません。ただ、真の信仰者というものは他を認める立場をとるものだと、やはり聞いたことがあります」

――しばらく金星の上空を飛んでいた。すると前方から、別の白い翼を付けた天使がやってきた。

紺色一色の足までかくれる服を身に付けている。顔は、明らかに男性とわかる顔つきだ。

天使は、健一たちの前まで来ると、空中に停止した。それから、まずは一礼した。

「ミカエル天使長。私たちの教会に今村様をお連れしてはいかがですか。ガブリエルとウリエルが控えております」

「そうか、ラファエル。では、そうしよう」

「あ、あなたは、大天使ミカエルだったのですか。そして、こちらの方が大天使ラファエル」

これまでの案内役の天使の正体がわかった。健一は恐縮した様子を見せた。

「いいえ、大天使と呼ばれていますが、キリスト教においては下級天使です。天使階級の中で八番目です」

と、ミカエルはいった。

「ミカエルさん。一番目は何という天使ですか？」

「セラフィームという天使です。——次が『創世記』に登場するエデンの東の番人、ケルビムです。さあ！　私たちの教会に行きましょう」

ものすごいスピードで空中を移動した。しばらくすると天使たちの教会が見えてきた。

白い教会なのだが、空の色が反射してヴェージュ色に見える。大きな教会だ。教会の敷地内には、それに関連する建物もいくつか見える。

「天使というのは数が少ないのです。ですからここでの休憩所は、あの教会だけなのです」

「休憩所ですか？」

「神々の世界といっても、私たちはここを離れて活動しますから、やはり休憩所ですね。しかし、私たちもいつの日か神の国に住する者となります」

―ラファエル、そしてミカエルと健一の順に、教会の扉の前に降り立った。健一は初めて金星の地を踏んだ。

扉がミカエルの手によって開けられると、中に二名の天使が控えていた。一名の天使は女性で、受胎の告知で有名なガブリエルだ。

教会の中は当然、礼拝堂だ。床や壁や天井は、様々な色に塗り分けられている。荘厳な感じだ。教会の中は広い。一番奥には祭壇があり、その真上にイエス・キリストの像があった。まあ、地上の教会と変わりはないが。ただ、イエスの像が極めてリアルだ。

「あなた方が、四大天使といわれている方々ですね？」

と、健一はいった。

「はい。でも大昔、私たちの天使グループは五名だったのです。そして、一名のいなくなった天使が私の前の天使長でした」

と、ミカエルは答えた。

「ん、ミカエルさん。もう一名のいなくなった天使というのは、ルシファーでしょう。つまり堕天使の……」

「そうです。今は魔界の帝王サタンです。サタンとは、ヘブライ語で『敵』の意味です。神に対する敵だという思い込みから、そう名乗るようになったのでしょう。実に愚かです。神に対する敵など存在するわけがありません。それどころか、サタンを生かしているのも神です」

「でも、なぜ、神はサタンを野放しにしているのですか？」

「私たちは、人類が神の国に入る過程での試練と教わっています」

「試練……。それとミカエルさん、あなたがたの具体的な役割というか、仕事は何ですか？　先に神と人との仲介者であり、人を守護するのが役目と聞きましたが、よくわかりません」

「私たちに限っては、サタンの軍勢が神の国の入口に入ることを極力、阻止することです。人類でいえば戦士です。それと、やはり人類を守護し、時には神意を伝えます」

「たいへんですね。それでは、いつも命がけでしょう」

「いや、私たちは魂だけの存在ですから、死ぬことはありません。どんな痛手を負ってもです。ただし、堕天使は違います」

――これまで健一は、天使とかには全く関心を持たなかった。わからない存在だった。そこで、ミカエルに質問を続ける。

「天使や神々の起源は？　聖書にも記されていませんよね」

「人類以前に、神に創造されたのです。役割に応じてです。たとえば太陽神は、太陽をつかさどるようにと。また、私たちは原罪とかには関係ありません。しかし、中には堕落する者たちがいます。サタンのような者たちです」

「ん？」

「私たちは、最後の審判の時まで、その役割を全うするのです。その後、神の国に行けば人類と何ら変わらない存在です。希に肉体を持って地上の人間になることもあります。しかし……」

「しかし、何ですか？」

「現時点では、人類のほうが階級のようなものが上でしょう。地上の世界においてですが」

「よくわかりません？」

「……」

ミカエルは答えない。そこで健一は、質問の内容をかえた。

「この神々の世界の統治者のような方はおられますか？」

「ヴィシュヌです」

と、女性天使であるガブリエルが答えた。

「えっ！　それはヒンドゥー教の神々ですね。うーん、宗教は神々（天使）を通して融合しているともいえますね」

「では、今村様。霊界に向かって出発しましょう。――その前に祭壇の前で礼拝を済ませてからです」

と、ミカエルはうながすようにいった。

そして健一が最初に礼拝をした。その後に天使たちは、両手を振って二人を見送った。

――彼らは上空に昇り、金星の雲の中に入って行った。

「どうも神々の世界というのは、私には合わない感じですね」

と、健一は首をかしげていった。

「それは、人類の本性である魂の環境に適していないからです。私たちにも本当は同じことがいえます。地上の世界でも同じです。そもそも肉体という身体に魂は封じ込められています。人類は、神の国に住するべき存在です」

「なるほど」

「それにしても地上は、実に激しい環境です。預言者以外の人類は、すべて堕落するところです。いや、預言者でも？」

「人類の堕落とは、具体的にどのような？」

「エゴイズムが人類に生じることです。原罪がそれです。善悪の知識の木の実を食べたからではありません。それは、たとえ話です」

「へぇーっ、たとえ話でしたか」

「地上の環境である物質に執着するようになるからです。結果として自他を著しく区別するのです。――あなたの原罪論は正しいですね。

しかし、私たちは、神のもとに一つの存在なのです。いや、神という一つの存在です。なぜなら神から離れて存在するものなど、何一つとしてないからです。そのように私は、あるお方から教えられています」

「そのお方とは？」

「私たちの主であり神であるイエスです」

「実にすばらしい言葉です。いや、最高の言葉です」

ここで健一は、またしても疑問が浮上する。

「ミカエルさん、あなたがたは魂だけの存在ですよね？」

「そうですが」

「魂だけの存在なら罪をおかしますか？　ルシファーなどの堕天使たちは、いったいどうしたというのですか？」

「――実は、私たちの魂の体はサイボーグのようなものなのです」

「えっ！　サイボーグですって？」

「はい。地上にいる間は、不完全な魂なのです。真理を理解する能力は、人類の半分です。神からの役割を全うする機能が、あと半分だからです。

ルシファーなどは、太古の昔から神に対する罪や悪が何であるかを知らずに迷っているのです。いや、以上のことから迷ってしまったのです。よって、堕天使や邪神が存在するのです」

「うーん」

健一は、先にミカエルが地上の世界において人類のほうが階級が上だといった意味はこのことだと思った。

――彼らは神々の世界、すなわち金星を離れてひたすら外惑星に向かった。

あっという間に木星に達し、通り過ぎようとした時、ミカエルはいう。

「今村様。私は、あなたの手を離します」

「えーっ」

「あなたはすでに魂の体です。翼などなくても、宇宙空間を飛行することなど造作ありません」

次の瞬間、ミカエルは手を離した。

一瞬、健一の体は宙を舞った。が、すぐにミカエルに追いついた。

「お、驚いた！　ミカエルさんのところに行こうと思っただけで、宇宙空間を自力で飛んでいる。

あはは！　これは夢を見ているんじゃないのか」

霊界見聞

彼らは太陽系の外へと、想像を絶する速度で飛んで行った。木星の外惑星の土星、天王星、海王星をわずかな時間で通過した。

そして、さらに外にある小惑星群の間を飛行していた。

「今村様。ここを抜ければ、太陽系の外です」

「すごい数だ。しかも、様々な色をしていてガスも漂っています。あれは何ですか？　小惑星群がガスといっしょに渦を巻いて、まるで星雲ですよ。たくさんありますね」

「これらが地球から見る星々の大部分を占めるのです。そして、この宇宙で光り輝いている星は太陽だけです。太陽の光が物質宇宙と半物質宇宙の星々に反射して、星月夜を演出しているのです」

「半物質宇宙とは霊界でしょう、太陽の光が反射するのですか？　だって幽霊の世界でしょう。幽霊が見えますか。さらには、彼らの住みかである星々も……」

「確かに特異体質の人にしか幽霊などは見ることができません。しかし、半物質も惑星ほどの大きさになれば肉眼で見ることができます。かすかにしか見えませんが。ただし、それらの星々と地球との距離を計ることは人類には不可能です。天文学は間違えています」

「地球との距離？」

「天文学が説く光年などという距離にある星はどこにもありません。この宇宙がそんなに広大なのであれば、神はたいへんな浪費家です」

「あはは、そうですね。——それに、そんなに宇宙が広いと、その先にある神の国には絶対に行き着きませんね」

「全くそのとおりです」

会話を交わしているうちに、彼らは太陽系の外に出た。

まばらに星々が見える。赤い星、黄色い星など、色に違いがある。霊界の星々だ。

ミカエルは説明する。

「太陽系宇宙に連なって、霊界はその外側を回っているのです。——いい忘れましたが、北極星だけは霊界の星ではありません。そこは別世界です」

「私たちの宇宙と霊界は、どちらが広いのですか？」

「霊界です。四倍もの広さがあります」

——やがて、赤く暗い星々がいくつも見えてきた。健一たちには、魂の眼だからこそ、それが見える。ここは、もう太陽系の光がほとんど届かない暗黒の世界だ。

ミカエルは説明を続ける。

「霊界は、地獄界、人間界、天上界に分かれています。ただし、区分けされていないのです。地獄界の星々の隣に天上界の星の一つが存在するというように」

「霊界の地図が必要ですね」

「そのとおりです。――では、地獄界から見聞していきましょう」

「どんな地獄界に行くのですか？」

「仏教書や霊界著述などには記されていないところです」

健一はミカエルの後について、赤く暗い星の一つに向かって行った。

そして、星の大気圏に突っ込んだ。

やがて、どんよりと曇った空を抜けると、陸や海が見えてきた。さらに降下すると、大地が見え、風景が確認できた。

日本の農村らしき風景だ。わらぶき屋根の家並みの集落があり、周囲は水田だ。昭和初期ころの農村地帯だ。

「ここは、あえていうなら職業地獄の星です。世界中の人々が、あらゆる職業地獄を展開しています。生前、日本人だった人たちの世界をお見せします」

「職業地獄……？」

「さあ、降りてみましょう。私たちの姿は彼らには見えませんから安心してください。また、地獄界は薄暗く、夜の明るさです」

そして、田んぼのあぜ道に降り立った。そこは正に夜の世界だった。

するとゝ田んぼの中で農民たちがケンカをしていた。「このやろう！　たたきのめしてやる」などと怒鳴り声がする。棒で殴り合いのケンカだ。

ミカエルは説明する。

「田んぼへの水の引き合いによるケンカです。ここは、いつも旱魃《かんばつ》で水が不足してしまうのです。そこで、他人の田んぼの水の入口を勝手に止めて、自分のところにだけ水を引こうとします。しかし、協力し合えば、どの田んぼにも最低限の水は引けるのです。

この惑星では、どこへ行っても同じようなことで争いをしています。生前、職業に対して貪欲に生きた人々の地獄界です」

「我田引水ですね。私の実家の周囲は農村地帯で、今でも農民たちの中には争いをしている人たちがいますよ。現代は、井戸を掘ってポンプがありますから、水不足でも問題ないのにダメですね。自分の田んぼだけは、水がなみなみとしていないと気が済まない人がいるんです」

「今村様。実にバカげた話ですね。そのような者たちは、必ずこの地獄界に落ちます」

「日本の農民たちの中には、昔から自分の農地に執着し過ぎる貪欲《どんよく》な者がいるんです。それも欧米あたりと比べれば、実に猫の額ほどの農地ですよ。農家の若者たちは、そんなところがわかっているのか、農業にはほとんど就きません」

「全くおっしゃるとおりです。しかし、霊界では、もう農業などという職業は必要なしです。食生活の必要がありません」

「えっ？」

「地獄界の人々は、幽体という体をまとっています。幽体は食物によって維持されるのではありません。神からのエネルギーのみで維持されるのです。しかし、地上の習慣から住人は食生活をしているのです」

「神からのエネルギーとは、神の糸から伝わって来る……」

「そうです。――次の地獄界をお見せしましょう」

彼らは飛び立った。

「次も、生前、日本人だった人たちの地獄界をお見せします」

「どんなところですか？」

「そうですね……宗教地獄とでもいいましょうか」

――と、ここで健一は極めて不自然なことに気づいた。

「ち、ちょっと待ってください。地獄界は夜の明るさでしょう。さっきの農民たちは、どうして農業ができるのですか？」

「私たちには真実の世界が見えます。が、しかし、彼らには昼と夜の世界が目に映っているのです。ただし、それは幻影で、生前の記憶が反映されているだけです。幻影は霊界人にしか見えません。霊界は、中身が空っぽな世界だといわれています。よって、彼らは現実の世界にいるのではありません」

――宇宙空間に出ると、赤黒い星々が不気味だ。ここは、地獄界の星々が密集している。

だが、健一は気がめいるようなことはない。それどころか、気分はそう快だ。メアリーのいる神の国に向かっているのだから。

それにしても彼は、一刻も早くメアリーに会いたいと思う。

「ミカエルさん。もう、地獄界、いや霊界なんかどうでもいいです。神の国に直行しましょう」

「それはできません。霊界見聞は、あなたの勉強のためです。実は、メアリー様からそのように仰せつかったのです」

「えっ！　メアリーから」

――そうこうしているうちに、ミカエルが宗教地獄といった星に着いた。やはり、夜の世界だった。彼らの眼にはそのように映る。

そして、大きな寺の門の前に降り立った。中からは、経文を唱える声がする。

「オン！　キリキリ、バサラク――」

おかしな経文だ。

ミカエルは説明する。

「経文ではありません。呪文です」

「ここは仏教の寺ではないのですか？」

「仏教系ですが邪教です。ここは、寺というより道場です。信者たちが集まって修行をしているのです」

「邪教……？」

「超能力を得て人生を思いのままにすることが、生前の彼らの目的でした。亡くなっても全く同じことをやっているのです。彼らの教義は、ヒンドゥー教に昔からある邪教です」

「ここの人たちは……ひょっとして生前、宗教団体にいたのでは、そしてここも？」

「そうです。現代もその宗教団体が地上にあります。どうにもならない愚者たちの集まりです」

「じゃあ、教祖とかがいるのでしょう」

「います。まだ、亡くなっていませんが」

「信者たちは、教祖がこの世界に来るのを待っているのではないですか？」

「はい」

健一は、頭を二、三回ほど振って、あきれた顔をした。なにしろ地獄界に宗教団体が存在するのだから。だが、少しして納得した。それというのは、日本という国に限っては、荒廃する世相に対して宗教のほとんどが役立たずだと思ったからだ。しかも、真理に対しての反面教師というえる宗教団体もあった。

そして、健一は疑問が湧いた。

「ここの人たちは、地獄界にいるということがわかっているのですか？」

この問いに、ミカエルは笑みを浮かべた。

「極楽浄土にいると思っているのです。そして、彼らにとっての神とは、教祖なのです」

「――あっはっは！」

「い、今村様。物音は聞こえてしまいますから、静かに……。小さな声で」

「教祖は、どんな人ですか？」

「ただの悪党です。彼の神とは、お金なのですから。教祖は、地上で悪徳霊感商法をやっているのです」

「私の思ったとおりだ。信者たちは、お布施とかいってお金を巻き上げられているのでしょう」

「それでも信者たちは、お金よりも何よりも、修行によって教祖と同じようになりたいのです。超能力を得たいのです」

「ふっ。超能力ですか。イカれた連中の考えることですね」

「しかし、教祖に超能力などありません。信者たちは、ごまかされているだけです」

――彼らは、道場の中に入って行った。広い道場で百人くらいの信者たちが、座禅を組んで呪文をぶつぶつと唱えていた。

そして奇怪なことが起きた。

「ノーバサッタ、サンミャクサンボダーク、ナンタニャータ、オン！　ソワカ」

と、信者たちが一斉に唱えた次の瞬間だ。全員が座禅の状態で五十センチくらい空中に浮き上がった。そして、そのままの状態で十分くらい停止して着地した。

ミカエルは説明する。

「肉体人間以外は、だれでも超能力者のようなものです。空中浮遊など、地獄界の人間でも簡単にできます。しかし、彼らは救われない。あれでは、教祖の教えは絶対に正しいと思うでしょう」

「彼らは、いつまでおかしな修行を続けるのですか？」

「無意味さがわかるまで何百年でも。先に見てきた地獄界も同じです。そして、また地上に生まれかわるのです。ただし、地獄界の人間は、その無意味さ、あるいは自分の過ちをわからずに死ぬと、次の地上での生は動物です」

「何百年もですか。こちらでの一生は長いのですね。――それから、やはり死があるわけですね」

「こちらでの死は、突然やってきます。あっという間に消滅してしまうのです」

「し、しかし、動物になるとは……」

「人間としての真の目的から完全に逸脱した者は、長い間、その資格を抹消されると聞いたことがあります」

「それと、地獄界の人たちはほとんどが老人ですね？」

「天上界に行かないと若返りません。天上界より下の世界は、生前から自分の肉体に対して執着心を持っていた人たちです。ですから、生前、亡くなる前の姿なのです」

彼らは道場を出た。長居は無用だ。信者たちの地獄の呪文は、まだ聞こえる。だが、その無意味な響きがすべてを物語る。

ミカエルはいう。

「この星は、世界中のオカルト宗教団体の集まりだったのです。しかし、地獄界の中では平和な世界です。争いがありません。次にお見せするところは、そうではありません。では、行きましょう」

彼らは次の地獄界の星に向かった。同じように宗教がからんだところだ。やはり、生前、日本人だった人たちの世界を見せると、ミカエルはいう。

――そして、その星に降り立った。またしても夜の世界だ。目の前にドームのある建物が見える。

ミカエルは説明する。

「ここは、団体の違いによって争いの絶えない世界です。住人は、組織の奴隷になっています。やはりオカルト宗教団体の集まりです。日本くらいの面積の中に同じ団体の人々が生活しています」

「それにしても、オカルトと宗教は、よく結び付きますね？」

「オカルトとは『秘められたもの』という意味で、古くからある言葉です。しかし、現代では妖術《ようじゅつ》、交霊術などのことをいいます。地上の世界からすれば、この霊界自体がオカルトの最たる対象といえましょう」

彼らは、ドームのある建物の敷地の門から入って行った。すると、中庭で教祖と思われる男が多くの信者の前で説法をしていた。またしても仏教系のようだ。和服姿で、袈裟をかけている。

しかし、その男は小太りの老人だ。カリスマ性が全く感じられない。

教祖は、もう少しで頭の血管が切れそうな、ものすごい形相だ。大声を張り上げて信者たちに説いていた。

「諸君！　宗教とは戦いである！　我々は必ず勝利するであろう！　なぜなら、この私は九次元の世界から降臨した仏陀《ぶっだ》である！」

どうやら説法ではなく、全くの問題外のようだ。

健一は、大声を出して笑いたくなった。思わず口に手を当てた。そして、何とかこらえて小さな声でいった。

「うふふ……あれでは仏陀ではなく、ブタです。地獄界のブタ様だ。完全にイカれています」

「あの男のいっていることは、まるでお話になりません。宗教の真の意味からして無知です」

「宗教……？　何か特別な意味でもあるのですか」

「宗教を英語でレリジョンといいますね。まあ、ヨーロッパでは同様にレリジョンという言葉を使う国々があります。

その真の意味は、信仰によって心の中で神と再び結ばれることです。キリスト教の言葉です」

「──再び？　人間は原罪をおかして神から離れてしまったからですか」

「そうです。──また、インドのヨーガも同じ意味になります」

「うーん。日本語の宗教とレリジョンの意味は全く違いますね」

「宗教という言葉は、キリスト教の外国人宣教師が、日本にレリジョンに相当する言葉がないことから、明治時代以後に造語としてつくったのです。宗教とは、仏教の宗派の教えを短縮した熟語です」

「――でも、宗教という言葉も必要でしょう。昔から世界中に、一神教、多神教、その他の教えが存在しますから」

「そうですね。しかし、私たちは、レリジョンを目指す者でなくてはなりません。すべては心の問題です。りっぱな教会や寺院など全く必要ありません」

「はい」

「さらに、あの教祖は九次元とかいっていますが、空想でありデタラメです。次元など存在しません。なぜなら私たちは、神という、ただ一者の存在です。真理は一元論です」

健一は大きくうなずいた。――新興宗教団体の教祖などには、多次元の世界がどうこうと、よく口走る者がいる。

と、その時だ。塀の外から催涙弾のようなものが投げ込まれた。辺り一面に白い煙が充満していく。

教祖も信者たちも、一斉に避難を始めた。しかし、間に合わない。次々に倒れて行く。

「あれは毒ガスです。この団体と地上にある時から対立していた団体が、攻撃してきたのです。

——私たちには無害ですから安心してください」

と、ミカエルは説明する。

だが、攻撃が止《や》むと、倒れていた人たちは次々に起き上がった。

そしてミカエルは説明を続ける。

「あの毒ガスは、地上では大量殺人兵器です。しかし、こちらでは、そうではありません。彼らの幽体という体は、すぐに復元されるのです。引き裂かれようとも、焼かれようとも、もとに戻るのです。ただし、幽体にも、肉体同様、寿命があります」

「やれやれ、あのブタ教祖のいうとおりだ。宗教とは戦いだ……か。ふーっ」

「ここの人たちも、自分たちのやっていることの無意味さを知るまでは、この世界にとどまります。あるいは幽体の寿命が尽きるまでです」

「ミカエルさん、ここを離れましょう。もう、見聞したところで意味がありません」

「では——」

彼らは飛び立った。

すると、真上の空に一つだけ点滅する星が見えた。白、黄色、赤と繰り返し点滅している。

ミカエルは、その星を指差していった。

「あれは地獄界で最も恐ろしい星の一つです。宗教と民族の違いによって、世界的規模で戦争をしているのです。星が点滅しているのは、原子爆弾が炸裂しているからです」

いい忘れましたが、こちらの世界では、人間だけではなく、破壊された建物やすべてのものが復元します。よって、核戦争が果てしなく続いているのです」

健一は、背筋が凍りつく感じを覚えた。

「――実に恐ろしい。私は宗教同士、相克はあっても、融合は永久にあり得ないと思います。根本の原因は、人類が頑《かたくな》に拒むからですよ」

「私も今村様と同じ気持ちになることがあります。宗教は本来、神の国の門に通じる入口ですが、時代とともに人類が曲解してしまったのです。実は、キリスト教徒の中にも聖書を曲解している人たちがたくさんいます」

「――ミカエルさん、次はどこへ？」

だが、返事がない。何か考えごとをしているようだ。宇宙空間を飛行しながらだ。

「ミ、ミカエルさん！」

「……ああ、今村様。次の地獄界ですが、実に胸苦しいところです」

「どのような？」

「自殺者たちの地獄界です。彼らは、神を冒瀆したことにより罰を受けています」

「――ん。生前のメアリーがいっていた自殺に対する考え方は正しい。……神が罰を？」

「いいえ。日本では、昔からいわれている閻魔大王です。しかし、大王、すなわち地獄界の王というのは間違いです。彼は太古の昔から地獄界に落ちた人間の罪を裁き、罰を決めるだけの存在です。私たちは、ヤマと呼んでいます」

「ヤマ？」

「ヒンドゥー教では神々の一者です。しかし、ヤマというのは人間なのです。彼は、今の人類の中で一番最初に地獄界に入った者です。よって、ヤマは地獄界の人間です」

「でも、それはおかしい。人間なら地上に生まれかわるはずでしょう？」

健一は、たいへんな疑問を感じた。

「ヤマの思いがたいへんな力となって、太古の昔から地獄界にとどまっているのです」

「どんな思いですか……？」

「怨念《おんねん》です。実は、ヤマとは旧約聖書に登場するアベルなのです。彼は、無念の死を遂げました」

「――ああ、確か兄のカインに殺された羊飼いですね。それで恨みの思いが怨念になったのですね」

「そうです。今では、取り巻き連がその思いに加担し、同じようにとどまっています」

「ヤマは地獄界のどこにいるのですか？」

「ヤマの星、いや惑星というべきでしょう。そこにいます」

「惑星？」

「宇宙は、北極点を中心に回転しています。北極点の方角に神の国があるからです。それを考えれば、太陽さえも惑星といえるでしょう」

「なるほど」

「ヤマの惑星は、太陽系を離れてすぐのところにあります。私たちは通り過ぎてしまいました。人が死んで地獄界に行くことが決まると、一部の者たちを除き、そこに行き着きます。そしてヤマから――」

「ヤマよりも先に地獄界行きを決めるのは、だれですか？」

「各々の魂です。自らの死後の行き先は、自らが決めるのです。魂は、いかなるものにも汚されることがありません。魂を覆う不純物が問題なのです。それが偽りの自分です」

「うーん？　難しくて……」

「魂とは、もう一人の自分と考えればよいでしょう。しかし、地上では肉体にも封じ込められていて、容易なことでは意識に現れることがありません。魂こそが真我なのです。通常の意識は偽我です」

「私は今、魂の体ですから、これが真我ですか？」

「いや、あなたの肉体が死んでいませんから、真我とはいえません」

「？」

「それから神は人間の罪に罰を与えません。牧師などの中には、神は人間の罪に敏感だなどという者がいますが大間違いです。そんなものに、いちいち目くじらを立てる小さな神なら、森羅万象を動かすことなどできません。最後の審判の時は別でしょうが」

「ところでヤマは？」

「何の権限もないのに、彼が勝手にやっているのです」

「それじゃ、とんでもない奴《やつ》ですね」

「ある意味では、サタン以下です」

その時だ。悲鳴のような声がかすかに聞こえてきた。

「今村様。あの惑星が自殺者たちの地獄界です」

と、ミカエルは、前方に見える、やはり赤黒い惑星を指差していった。

「ギャーッ」

近づくにつれて、惑星そのものが悲鳴をあげているように聞こえる。それも断末魔の叫び声のようだ。

――彼らは、惑星の上空三十メートルくらいのところを、ゆっくりと飛行した。

下は、だれもが目を覆いたくなる光景だ。

まず見えてきたのは、投身自殺者の世界だ。真っすぐな断崖《だんがい》がどこまでも続く。そして深い谷。谷底は暗くて何も見えない。

断崖の上には、五メートルくらいの間隔で人が並んでいる。一人、また一人と続々に身を投げる。谷底は悲鳴だけがこだまする。

だが、身を投げて谷底でグシャグシャになったはずの体が、数分もすると断崖の上に復元される。そして、また身を投げる。その繰り返しだ。

正に地獄の責め苦だ。いろんな国々の人々がいる。

ミカエルは説明する。

「ここの人たちは、みな、投身自殺によって亡くなったのです。自殺の恐怖と苦痛を繰り返し体験させられます。彼らの体は、自分の自由になりません」

「なぜ、自由にならないのですか？」

「一つの法則と考えればよいでしょう。この世界の人たちは、投身自殺という法則に支配されているのです。すなわち、その牢獄《ろうごく》の中にいるのです」

「……よくわかりません」

「地上も法則が支配する牢獄です。肉体は法則の中にあります。肉体には、空気と重力が必要です。宇宙空間に出ることはできません。人類は、地球という牢獄の中にいるといえるでしょう。この霊界も正に牢獄です」

「それじゃ人類は、本当の牢獄の中にいる死刑囚と何も変わらないのでは？」

「いいえ、神の国に行くことができれば牢獄から解放されます」

「あっ、そうですね。――ところで彼らは、どれぐらいの間、自殺の繰り返しをするのですか？」

「人によって違いますが、百年、あるいは二百年くらいです」

「いやあー、たいへんな世界だぁ」

「しかし、神に救いを求めれば、すぐに抜け出せる世界です。『神よ』と唱えるだけで、神々が救いにやってきます。当然、『イエス様』でも同じです」

「でも、自殺などをする人たちは、唯物論者でしょう？」

「いや、若干、キリスト教徒であった人たちとかがいます。ですが、彼らはこの世界をすぐに脱出していきます」

――次に見えてきたのは、何と首つり自殺者の世界だ。広大な森の中で木にロープを掛けて、人々がいたるところで首つり自殺をしている。

首つりに必要な台まで用意されているから、ぞっとする。いや、とんでもない世界だ。

自殺者たちはロープに首をかけて、台をけ飛ばす。直後、数分間、足をバタバタさせているがやがて絶命する。

だが、やはり数分もすると、首をつっている体は消滅し、木のそばに体が復元される。

そして、またしても自殺の繰り返しだ。

その時だ。

「あーっ！　日本人の少年が首をつろうとしているーっ！」

健一は大声を出した。

と、次の瞬間、天から少年に一すじの光が差した。光のすじを通って、ビーナスのように美しい天使が白い翼を羽ばたかせ、降りてきた。

天使は、純白で透き通るような衣の上に深紅のマント姿だ。

「あっ、ガブリエルだ」

と、健一はつぶやいた。すると天使ガブリエルは、振り向いて彼の顔を見てほほ笑んだ。また、ミカエルに一礼した。そして少年を抱き抱えると、天に昇って行った。

「ミカエルさん、少年はどこへ？」

「天上界です。少年に罪はありません。すぐに救われます」

「よかった。本当によかった」

健一は胸をなでおろした。

――しばらくすると民家の群れが見えてきた。和風、洋風と様々な造りの家が並んでいる。

「今村様。あそこの家の中をのぞいてみましょう」

彼らは、和風の平屋の家の前に降り立った。

家は小さいが屋根の瓦《かわら》はぶ厚く、農村地帯に見られる入母屋造りというやつだ。

ミカエルは、玄関のドアのノブに手をかけた。だが、ためらう様子を見せた。

「これから最も悲惨な自殺の現場を見ることになります」

「この家の中で自殺が……」

「実は、ここは服毒自殺者の世界なのです」

「そ、そんな！　なぜ私は、そんなものまで見なければならないのですか？　それも勉強のためだというのですか」

「そうです。これも人類の末路の姿であるということを知ってほしいのです」

彼らは、ドアを開けて中に入って行った。

「ルルルル、ルルルル――」

電話の呼び出し音が、家の中に鳴り響いている。

入って左手の部屋に、明かりが灯っていた。部屋のガラス戸は開けっ放しだ。部屋の真ん中に、こたつが置かれている。

五十代半ばくらいのやせた男が、こたつに入って頭《こうべ》を垂れていた。こたつの上のテーブルにはコップが一つ置かれていた。コップの中は、青い液体が八分目くらい入っている。飲み物には見えない。

この時点で健一は、状況がのみ込めた。青い液体は毒薬だ。おそらく農薬だろう。

次の瞬間、男は一気にコップの液体を仰いだ。すると即座に腹を押さえて苦しみだした。

男は、部屋中をのたうち回った。こたつを引っ繰り返し、襖《ふすま》を破り、それはひどい。言葉にできない悲惨な情景だ。

健一は見兼ねて、目をつぶっていた。

惨劇は二十分くらい続いた。男は部屋の隅で大の字になり、口から大量の血を吐いて絶命した。

しかし、十分もしないうちに、部屋の中は自殺をする前の状態に戻る。当然、男も復活した。

「ミカエルさん、見るに耐えられません。ここを離れましょう!」

彼らは、急いでその家を飛び立った。

ミカエルはいう。

「服毒自殺は、ほとんどが家の中で行われます。下に見える民家の中には、一家心中などという、もっと悲惨な自殺現場もあります」

「服毒自殺というのは、家の中で行われることが多いのですか？」

「自分の死を周囲の人々に確認してもらいたいという願望があるからです。最悪の自殺です。

――また、銃や刃物を使った自殺者たちの世界もこの近くにあります」

「先ほどの男は、何だったのですか？」

「彼は地上にいる時、会社を経営していました。しかし、うまくいかず多額の借金をしていたのです。電話の呼び出し音は、金融業者からです。行き詰まった彼は、服毒自殺に至ったのです」

「――ん。でも現代では、めずらしい話ではないような」

「しかし、あの男は若い時から働くことが嫌いで、借金の半分を自分の娯楽に費やしていました。安賃金で外国人をこき使い、ろくに仕事もしないで。まあ、自業自得といえましょう」

ミカエルは、すべて見通しだ。

「彼も百年とか、あの繰り返しを？」

「はい。ヤマに裁かれた時、年月もいいわたされるのです。ただし、先に見てきた職業地獄や宗教地獄の人たちは違います。ヤマのところを通りません。自らの意志で赴くのです」

「それにしても、ここはひどい。いや、惨《むご》い。彼らに自殺の罪を教えてあげることはできないのですか？」

「できません。禁じられているのです。彼らの迷いを一層、深めることになります」

「なぜです！」

健一は首をかしげた。

「たとえば聖書は、地上に生を受けている人々の教えです。死者の教えではありません。他の聖典も同じです。霊界の人類が理解することは不可能なのです」

「でも、彼らも地上の人類と大差がないように見受けられますが？」

「いいえ。彼らの魂は、肉体よりも強固な迷いという牢獄に封じ込められているのです。神の国への道は、地上の世界からしか開かれていません。霊界は、神の国から離れた終極の地点です」

「神は、霊界をどのように思われているのでしょうか？」

「神は、すべての生類を生かされていますが、霊界も含めて、物質世界から身を引かれているのです。神がどのように思われているかなど、私のあずかり知るところではありません」

「神とはキリスト教の、いや聖書の神ですよね。イエスも神でしょうが？」

「はい。しかし、すべてにおいての神というべきでしょう。なぜ、そのようなことを質問されるのですか？」

「現代の日本の少年たちに聖書の教育が必要だと思ったからです。神について教えるなら聖書でしょう。体系を成したものは、聖書以外に知りません」

「なぜ、日本の少年たちに？」

「日本の少年がこの地獄界に落ちていましたね。近年、少年の自殺が増えています。そして、いじめの問題、さらには少年の凶悪犯罪さえ起こるのです。少年たちの心は荒廃していく一方です。もはや、道徳教育だけでは限界です。そこで学校教育に聖書を取り入れるべきです。極端なことではないでしょう」

「おっしゃるとおりです。聖書を学べば、唯一の神を知ることになり、本当の正しさの規準も明確になるでしょう。しかも、それこそが少年のうちに知らなければならない人間の条件といえるのです。

しかし、現時点で日本の教育に聖書を取り入れることは、困難です。あなたと同じ考えを持つ人は、教育者の中にもいます。ただし、それを唱える勇気ある人がいません」

「うーん。そもそも日本という国は、多くの人が聖書を学ぶ環境が整っていません。他宗教は形式化したものがほとんどです。そして、おかしな宗教団体が跋扈《ばっこ》しています。よって、宗教は意味不明のものと思っている人たちが多いのではないでしょうか。聖書といえども」

「今村様。今のところは、見守っていくしかありませんね。残念ですが——」

だが、健一は、やり切れない思いから興奮気味にいった。

「いったい多くの日本人の心の拠り所は、何なんだぁ！」

彼らは、自殺者たちの地獄界の惑星を離れた。健一は、ホッとしたのも束《つか》の間、少し宇宙空間を飛行すると、暗黒の惑星が見えてきた。だが、近づくにつれて惑星ではないことがわかった。黒い煙が渦を巻いているのだ。

ミカエルは、それを指差しながら説明する。

「サタンのいる魔界への入口です。地上の天文学では、ブラックホールと呼ばれています。霊界の宇宙には、いくつもあります。では、見聞に行きましょう。私にとっては、危険を伴う世界です」

彼らは、渦の中に吸い込まれて行った。最初は、真っ暗で何も見えない。やがて、そこを過ぎると魔界に出た。夜、いや闇の世界だ。

大きな中世のヨーロッパの荒れ果てた城が、目の前に見える。城には明かりが灯っていた。城の周囲には、黒々とした家並みもかすかに見える。空には、血の色をした真っ赤な満月の月が魔界を演出していた。

「今村様。直接、サタンの城の中に入ります」

「だ、だいじょうぶですか？」

「あなたの姿は、これまでの世界と同様、悪魔たちには絶対に見えません。ただし、大きな声は出さないように。声や物音は、やはり聞こえてしまいます。しかし、私の姿は悪魔たちに一目瞭然《りょうぜん》です。悪魔は、もと天使ですから」

「――では、ミカエルさんにはどうして私の姿が見えるのですか？」

「神の恩寵です。私たちには、あなたをメアリー様のところに導くという使命があります」

彼らは、城の高い所の入口の一つから入って行った。すると、黒いコウモリの翼を付けた悪魔が口から火を吹いて襲ってきた。ミカエルに向かってだ。城の番犬のようなものだ。

「ガオーッ！」

その時、ミカエルの右手に鋭く長い剣が現れた。

「ビシューッ！」

一太刀で悪魔は切り倒された。

「ミカエルさん。その悪魔はどうなってしまうのですか？」

「私にはわかりません。私は倒すように指示を受けていますから、それを果たすのみです」

――彼らは階段を登って行った。やがてサタンのいる一番上の階にたどり着いた。そして太い柱に身を隠し、そっとのぞき見た。

サタンは祭壇の前に座っていた。その祭壇は、自分自身を祭ったものらしい。

周りにいる悪魔たちの三倍くらいの大きさはある、とんでもない怪物だ。顔は獣で、は虫類の目をしている。その目は異様に光っている。

全身は灰色の毛で覆われている。手と足には、するどい爪《つめ》がある。背中には、やはり黒いコウモリの翼だ。

目の前にテレビのようなものが置かれていた。よく見ると、一枚の平らな石の板に映像が映っているのだ。それを見ながら、手を振ったりと何かをしているようだ。

ミカエルは小さな声でいった。

「地上の人たちを遠隔操作しているのです。また、地上に送り出している手下たちに指令を出しているのです」

「どんな人たちを遠隔操作しているのですか？」

「多くは、国の指導者たちです。時にはテロリストたちとか。彼らの意識を操作して、地上を邪悪な世界にしてしまおうと、もくろんでいるのです。

サタンの目的は、神の国以外の帝王になることです。邪悪な世界の帝王です。」

「でも、地上は、いつか最後の審判が下りますよ」

「サタンは、そのようなことを全く信じていません。やはり神について全く無知です。当然、見たこともありません。実は、私も見たことがないのです。すなわち本源の神です」

「えっ、ミカエルさんも？」

「神々の中で神を見たことのあるのは、創造神ブラフマー。最高位の神々、ヴィシュヌ。そして太陽神ヴィヴァスバットだけです」

「すべてヒンドゥー教の神々ですね。でも、ヒンドゥー教は多神教でしょう？」

「太古の昔は、一神教だったのです。その流れを汲む一派が現代もインドにあります。本源の神をバガヴァーンと呼び、神々をデーヴァと呼んでいます」

その時だ。サタンに見つかってしまった。

「うふふ、あっはっは！　ミカエル、久しぶりだな。何しにやってきたんだ」

「ルシファー、もう、サタンなどと名乗り、魔界の帝王として君臨することをやめなさい！　私たちの使命は、まず人類を守護することではないか！」

「やぁーだね。愚かな人間どものお守りなど、まっぴらごめんだ！」

とサタンはいうと、手招きをした。すると手下の悪魔たちが一斉に襲ってきた。だが、ミカエルの剣の前に歯が立たない。

ミカエルは手下たちを倒すと、サタン目掛けて剣を投げつけた。

「ガシャン！」

剣は床に落ちた。サタンは祭壇のわきにあった盾ですばやく防御したのだ。

今度はサタンが攻撃に出た。あっという間にミカエルのところにやってきた。押さえ付けて右手で首を締め付けた。

健一は、あわててサタンの背中を思い切り殴った。すると、苦しそうな表情を見せてミカエルから離れた。

「う～っ！　背中が焼けるように熱い。おのれーっ！　神の国の住人を連れてきているなぁーっ」

健一はミカエルを起こした。

「今村様。助かりました。さあ、ここを離れましょう！」

彼らは急いでサタンの城を出た。

サタンは、くやしがってイスを振り回し、祭壇を壊し始めた。

――健一とミカエルは魔界を抜けた。そして、次なる霊界である人間界へと向かった。

もう、太陽の光が全く届かないところだ。しかし、北極星の方角から、かすかな光が差している。健一もこれには、太陽系を離れてすぐに気づいた。ただし、魂の眼でないと見えない。

ミカエルは、神の国の光がもれているのだと説明する。

やがて、地球とそっくりな惑星がいくつか見えてきた。

「今村様。あれが人間界の惑星です」

「うーん。一言でどういう世界ですか？」

「ギブ・アンド・テイクの世界です。彼らは生前、そのような生活を送っていたのです」

「――ああ、何となくわかりますね」

「人にものを与えると、与えた分だけ、いや、それ以上になって自分のところに戻ってこないと、すっきりしない人たちの世界です」

「そういう人は、けっこういますよ」

「実に地上の世界では、約八〇パーセントが、その意識層の人たちです。この霊界も全く同じです。人間界の人たちが大部分です」

「やれやれ、地上の世界がよくならないはずだ。それでは、精神文明の幕開きなど永久にあり得ませんね」

その時、右手前方の惑星に近づいた。緑色と茶色、少し水色の混じる惑星が見える。

ミカエルは説明する。

「動物の死後の惑星ですが、人間界の一部としてあります。地球の直径の三十倍ある巨大惑星です」

「動物が地上に生まれる時、人間になるということはありますか？」

「私にその答えは、わかりません。ただ、私はあり得ないと思います」

「うーん、でも、地上では、一般の人たちよりもりっぱだと思える動物がいますよ。たとえば盲導犬とか」

「しかし、人間と動物では、根本的に魂の質が違います。今村様は、その答えをご存じですね」

「神を認識できるのが人間だと、生前のメアリーに教わりました」

「そのとおりです」

「ミカエルは、大きくうなずいた。だが、地上の世界では、その意味がほんの一部の人々にしか通じない。やはり、動物人間がほとんどであるといえる。しかも、近年、増え続けている。

ミカエルは、惑星を指差しながら説明を続ける。

「あの惑星には、犬、チンパンジー、草食動物などが住んでいます」

「その他の動物たちは？」

「ヘビなどの、は虫類は、地獄界の惑星にいます。猛獣の類も同じです。それと昆虫です。魚も地獄界の惑星です。また、植物と微生物は、輪廻転生のカテゴリーの中にありません。しかし、植物だけは、どの世界にも生息しています」

「カテゴリーの中にない……？」

「魂が宿っていないということです。植物などは、自然界を演出するものの一つにしか過ぎません。地上の人類には、食料としても必要不可欠です」

「魚は地獄界なのですか？」

「魚は、どう猛な生き物です。イルカや鯨は別で、あの惑星の水色の部分の海が住みかです。もっとも、魚ではなく、哺乳類です」

——健一は、ミカエルとの会話の中で不自然さに気づいた。だが、それは非常に重要なことなのだ。そして質問だ。

「ミカエルさん。動物たちの世界が人間界にあるのはおかしくありませんか？　地獄界の人たちの意識は、動物以下ということになりますよ」

「そのとおりです。動物以下の人間がたくさんいるでしょう」

「凶悪犯罪者とかですか」

「はい。それに動物は、自殺などしません」

「全くです」

「今村様。あなたの国の人たちの平均的意識レベルは、人間界の下段です。それらの人類の住む惑星があります」

「意識レベルが人間界の下段とは？」

「猛獣を除いた肉食動物の意識と同じです。――ただし、動物たちは自然の摂理に服していることを忘れないでください」

「自然の摂理、摂理……。ああ！　人間の男と女、動物の雄と雌のバランスが狂わないだけでも奇跡ですね。神の意志、いや、神が存在する証明の一つです」

「しかし、人類は摂理に反する行為をします。一例をあげれば、バイオテクノロジー（生物工学）を農業に取り入れていることです。――近未来、その弊害が必ず出ます。また、原子力という大量破壊兵器にしかならないものを発電に利用しているのも一例です。すでに弊害が出ています」

――前方に別の惑星が見えてきた。地球にうり二つだ。だが、巨大惑星だ。

ミカエルは説明する。

「人間界の中段の意識層の人類が住んでいる惑星です。霊界の惑星の中で最も人口が多いのです。地球の直径の二十倍はあります」

「ん？　動物や魚類も生息しているのでしょう」

「地上以外の世界で、人類が他の生物といっしょになることはありません。しかし、惑星の人々は家畜を飼い、魚類を捕獲して肉を食料としています。地上の生活と同じように。ただし、すべて幻影です。彼らの目に映る太陽や月も幻影です」

「幻影？　地獄界でもそのようにいわれましたが、それはいったい……？」

「神の絡繰《からく》りです。実は、霊界を生成させている根本も神なのです。神の力なしには何も存在しません。人間界の人たちは、正に霊体という体をまとっています。やはり食生活など必要ないのですが、地上の習慣は抜けません」

「それでは、本当は仕事をする必要もないということになりませんか？　地上の人類は、食べるために仕事をしているといっても過言ではないでしょう」

「霊界には、意味のある仕事など何もありません。神の国に行けば、人類本来の仕事や生活があります」

彼らは惑星の上空を飛行した。あらゆる国々の人々が入り交じり、地上と全く同じ生活をしている。巨大惑星だというのに、人は過密の状態だ。

健一は何かを見つけたようだ。指差しながらいった。

「あれは教会ですね。神を信じている人たちもいるじゃありませんか？」

「ここの人たちはすべて御利益信仰をしているから、お話になりません」

「キリスト教徒はやらないのではないですか？」

「いや、貧しい国々の人たちの中には、けっこういます。しかし、厳しいことをいえば、聖書を咀嚼《そしゃく》できないからそうなるのです」

「日本人の信仰も、それが多いと思いますよ」

「神々信仰の場合は、御利益信仰でよいのです。人々は祭事を行い、神々は人々に恵みを与えるというように。しかし、全知全能の神の前では、それは厳禁です。神は、人に必要なものなどすべてご存じです。神の力を試すことになるからです。神を出しに使い、神と取り引きをすることにもなるからです」

ミカエルは、初めて険しい表情を見せていった。

「ところで、この世界の人たちの御利益信仰とは？」

「今度、地上に生まれかわって、死後に天上界に行くための信仰です。——あれはキリスト教会のように見えますが、外見だけです。彼らも、神とは何かを全く理解していません」

「ふーっ！」

健一は、ため息をついた。そして欲深い人間は、死んでも何もかわらぬものだと思った。だが、彼らに哀れみも感じた。さらに虚しさを。

彼らは惑星を一周した。地上と同じような世界だ。また、明るさも地上とかわらない。

当然、ここには太陽などあるわけがない。ただし、惑星の住人は、幻影の太陽を見ているのだろうが。

「しかし、ミカエルさん、平和な世界ですね。でも、活気のようなものがまるで感じられません」

「地獄界の人たちがいませんから、一見、平和に見えます。ですが、ここの人たちには、人間としての真の目的がありません。――死人の世界です」

「それなら地上の世界にも、すでに死んでいる人たちがいっぱいいるでしょう」

「そうですね。偶像崇拝者は、すべて死人です」

――彼らは人間界を離れた。見聞したところで意味なしだ。一路、天上界へと向かった。

宇宙空間は進むほど明るくなってきた。やがて、白く光る惑星群が見えてきた。

「あの星々が天上界の人たちの住む世界です。ただし、天上界は他にもあります」

と、ミカエルがいった。

惑星は五十個以上あるだろうか。

「それにしても、ミカエルさん、天上界の惑星は多いですね。何の違いによって分かれているのですか？」

「民族と宗教の違いです。しかし、惑星に住む人たちの数は非常に少ないのです。ですから天上界は広大な世界だと、いくつかの聖典には記されています。また、どの惑星も月くらいの大きさです。環境は、やはり地球に似ています」

ミカエルの指示に従って、一つの惑星に近づいた。白く光る雲に包まれている。

彼らは雲に突っ込み、地上に降下して行った。そして降り立った。

空は白一色だが、雲が光っているので、とても明るい世界だ。地上でいえば、赤道直下くらいの光度がある。

彼らが降り立ったところは、石畳の道だ。前方の大きな寺院へと続いている。道に沿って美しい草木の間に民家がまばらに見える。

寺院や民家の造りは、東南アジア風といった感じだ。ここは、地上のどこかにある東南アジアの国の人たちの天上界だ。

そして、道を行き交う人たちは男も女もみな若く、肌は少し浅黒いが美しい。また、衣装が原色を使ったもので華やかだ。

ミカエルはいう。

「この世界は、人の想像力でどうにでもなる世界です」

「想像力？」

「あの寺院や民家などは、建造したのではありません。この世界の人たちの想像力の産物です。生活に必要なものは、すべて想像力で生み出すことができます」

「生き物を生み出すこともできるのですか？　たとえば動物とか」

「それは神だけの術《わざ》です。この天上界にも動物はいます。が、しかし、この世界の住人にしか見えない、やはり幻影です」

「あれ？　天上界やその他の霊界の女性が子を産むということはないのですか？」

「ありません。——また、天上界の人たちは、精神体という若い体をまとっていますが、結婚するということもありません。ただし、恋人同士は、たくさんいます。彼らは性欲から解放されているので、精神的なものを求め合うのです」

「では、食欲からも解放されているのですか？」

「いいえ。食生活は、この世界にもあります。貪欲なものではありませんが」

――しばらくすると、寺院に向かう人たちが増えてきた。

「今村様。私たちも寺院に行ってみましょう」

彼らは、石畳の道を歩き始めた。

寺院に近づくと、道の両側にたくさんの香がたかれていた。

寺院の門をくぐると、前庭に大ぜいの人たちが立っていた。僧侶の説法を聞いているのだ。僧侶は、寺院の正面の廊下に立って説法をしていた。

健一に東南アジアの国の言葉などわかるはずがない。しかし、そこは魂の体の奇跡というべきだ。日本語で聞こえてくる。実は、ミカエルも日本語で語っているのではない。

「ここは、極楽浄土ではありません。みなさんは、釈迦の説かれた八正道を規準にして、日々、精進してください」

と、僧侶は語っている。

「この世界の人々の目的は、極楽浄土なのです」

と、ミカエルは説明する。

「神の国ではないのですね」

「はい。ですから天上界も霊界であり、迷いの世界なのです」

「ここは、仏教の世界ですが、神を説きませんね。どのように考えればよいのですか」

「釈迦も神の国のお方です。よって、信ずる者は救われます」

「なるほど」

「そうだ、今村様。極楽浄土の世界に行ってみましょう」

「この惑星群の中にあるのですか？」

「別のところに孤立しています」

彼らは、すぐに飛び立った。

それにしても、健一の魂の体、そして天使ミカエルはものすごい。宇宙空間を移動する速さは、ロケットなど問題ではない。

やはり、わずかの時間で極楽浄土の惑星に降り立った。

「あれ！　日本風だ」

と、健一の第一声だ。

「生前、日本人だった人たちの極楽浄土に降りてみました。ただし、この惑星には多くの国の人たちが住んでいます。地上では極楽浄土、すなわち天国を理想郷とする宗教が多く存在するからです」

彼らが降りたところは、美しい池の前だ。池の中には、蓮の花が咲いている。その周囲は、日本庭園だ。

　方角はわからないが、数百メートルくらいのところには、見たこともないようなりっぱな民家が並んでいる。どの家も、京都にある金閣寺のようなものばかりだ。

　池と民家の間には、芝地が広がっている。その上に、三十人くらいの人たちが寝転んでいた。よく見ると、みな老人ばかりだ。

　ミカエルは説明を続ける。

「天上界でここだけが老人の世界なのです。楽だけを求めている者たちに、若い体など必要ないからです」

「極楽浄土という仏教の言葉自体、間違いですか？」

「神への冒瀆に等しい言葉です。なぜなら、神は一時《いっとき》の休みもなく働いておられます。神が休まれたらたいへんです。一瞬のうちにすべての生類の心臓は止まるでしょう」

「えっ、そんな！」

「この世界にきて人は堕落し、天上界から下の世界に落ちて行くのです。そして霊界の堂々めぐりです。人は、神という概念を持つことが、その悪循環から抜け出る第一歩なのです。また、釈迦は生前、極楽浄土などとは一言も語っていません。後生の凡夫たちがつくった言葉で、本当に実在することになったのです」

　そしてミカエルは、空を指差していった。

「あれをご覧なさい」

何と、空に羽衣を着た天女が舞っている。それもたくさんいる。いつの間にかやってきた。

「天女ですね。でも、想像力によって生き物を生み出すことは不可能だったのでは？」

「あれは生き物ではありません。この世界を演出するものの一つです」

「美しいことは美しいですね。でも、何かバカバカしく思えてきます」

健一は、うなずいた。

と、ここで彼は、寝転んでいる老人たちを見ているうちに、非常に腹が立ってきた。自分は、地上で毎日あくせくと働いている。それに比べて、あの老人たちはと思ったからだ。

彼は、天にとどろくような大声を出した。

「バカ者ども何をしている！　起きろ！」

一斉に老人たちは起き上がった。しかし、健一の姿は見えない。今のは何だったのだろうかと、キョトキョトとしている。空の天女たちもどこかに消え去った。

「ミカエルさん、もう行きましょう。早くメアリーに会いたいんですよ」

「その前に、もう少しいいですか。神の国に最も近い惑星に寄っていきましょう」

「えーっ」

「実は、それもメアリー様からの指示なのです」

「メアリーから……」

「精神的惑星と呼ばれているところに行きます。すなわち北極星です」

そして彼らは一路、北極星に向かった。

――宇宙空間は明るさを増してきた。北極点に向かって一直線に進んでいる。星々は、もう一つしか見えない。前方に見える光り輝く惑星だけだ。神の国も近い。

ミカエルは説明する。

「精神的惑星も死後の世界にかわりはありませんが、次に地上に生まれた時を最後に、神の国に行くことを約束されるところです」

「神の国への準備段階のようなところですね」

「はい。今村様、あなたも精神的惑星から地上に生まれた方です」

「えーっ！　そんな。私の記憶にありませんよ」

「あなたの肉体が死ねば、その記憶がよみがえります。また、森羅万象のすべて、さらに久遠の真理を知ることになるでしょう」

「うーん」

――彼らは惑星に近づいた。

北極星は近づくと青い星だ。地球よりも青く感じられる。というのも海がほとんどで、陸地は点々とした島だけだ。

それにしても海の青さがすごい。サファイアのようなブルーで透明度がある。

彼らは北半球に見える一つの島を目掛けて降下して行った。

やがて地表が見えてきた。だが、森林ばかりで建造物が見当たらない。

それもそのはずだ。惑星の人口は二百人くらいだ、とミカエルはいう。

しばらくして、茶色い建物の並ぶ一角が見えてきた。彼らは、そこに降り立った。芝地の上だった。閑静な大学の中庭といったところだ。

ミカエルの指示で、一九〇〇年代半ばくらいのヨーロッパ風の煉瓦《れんが》造りのビルの中に入った。

一階は美術館のようだ。絵画や彫刻が展示されている。一見、ルネッサンスの芸術を思い起こさせる。

館内には、彼らの他にだれもいない。

「今村様。左手の壁に飾られている四枚の絵をご覧ください。かつては、地上の世界に同じものがありました」

それは肖像画だった。よく見ると四枚とも同一人物だ。インド人のようだ。しかし、肌の色がみな違う。当然、衣装も違う。背景に描かれている風景も違う。

肌の色が、左側から、白い肌、赤い肌、黄色い肌、灰色の肌だ。肌の色は、どれも人間離れしている。しかし、顔の表情はみな柔和だ。

「これは、だれの肖像画ですか？」

「本源の神が地上に示現された時のものです」

「こ、これが！」

「今村様は、神が地上に肉体を持たれて示現されることを、ご存じなのですか？」

ミカエルは、非常に驚いた様子を見せた。

「知っていましたが、疑っていました。ヒンドゥー教の本の中に、その記述がありますね。時代の節目に神は示現されるのです。四枚の肖像画、つまり四つの節目が地上にはあります」

「今村様は、さすがです。現代は、神が紀元前、北インドに灰色の肌で示現されてから、最後のカリ・ユガに入っています」

「カリ・ユガとは、偽りと争いの時代という意味でしたね」

「はい。カリ・ユガが終わる時、最後の審判の時です。その終わりまではまだ四十万年以上あるとされていますが、神意によって、明日、終わりが来るかもしれません。そんな邪悪な時代に現代は入っているのです」

「……ミカエルさん。示現された本源の神を信仰している人たちが、現代もインドにいますよね。それが神の国への最短の方法のように思うのですが？　そして神は、バガヴァッド・ギーターという聖典を残されているでしょう」

「しかし、現代では、その聖典の教えを実践することは不可能です。聖書の『十戒』よりもさらに厳しいものです。しかも神は、祈りの言葉を聖典の中で述べていません。ただし、当時の時代背景からすると、まだ、天から下った祈りがどこにもなかったのです」

「ん……祈り。現代は、やはりイエスがいわれた主の祈りですね」

「はい！」

ミカエルは、うれしそうな表情を見せた。

そして彼らは、二階への階段を登って行った。昇る途中でミカエルはいう。

「この世界の人たちは、私たちの姿を確認することができます。彼らも魂だけの体です。しかし、魂が真に目覚めていないのです。今村様、あなたもそうです」

二階は階段教室になっていた。五、六十人の人たちがイスに座っている。机はない。

みな、真剣に牧師か神父のような聖職者の服を着た男の人の話を聞いている。彼らも空いている席に着いた。

話をしている人は、欧米人か何人かわからないが、若く美しい。背後には後光が差している。

ミカエルは小さな声でいう。

「あの講師の方は、神の国から降りてこられたのです」

「神の国……」

すると講師は、健一のほうに目をやっていった。

「私の講義を地上に出る前に何度も聞いたことのある人が、地上の世界から戻って来られたようです」

当然、彼のことだ。そして講義を続ける。

「いいですか皆さん。地球という世界は、たいへんな難関なのです。試練という地上学校です。とにかく卒業してください。次の段階の別宇宙の学校に進めば、霊界などはありません。大いなる魂の向上が約束されるところです――」

健一は小さな声でミカエルにいう。

「地上は、魂の学校だったのですか？」

「神の国にいたのでは、魂の向上が望めません」

健一は、質問があるようで手を上げた。

「はい。地球からはるばるやって来られた今村さん、どうぞ」

講師は、すべてお見通しだ。そして全員が一斉に彼に注目した。

「魂の向上といわれましたが、それは神の向上といえないでしょうか？　私たちは神という一者の存在だと、隣のミカエルさんに教えていただきました」

講師は大きくうなずいた。そして質問に答える。

「そのとおりです。――神は全知全能で向上や進化などあり得ないというのが、地上では昔からの一般論です。しかし、それは間違いです。その反対で、全知全能であるからこそ、永遠に向上や進化を続けるのが神です。神は、明暗を分けた相対の世界にご自身の一細胞であり、子である人類を送ることにより、それを成しているのです」

「ありがとうございました！」

健一は大きな声でお礼の言葉を述べた。

「今村さん。他にも質問はありませんか？」

と、さらに講師はいう。

「――この惑星は、神の国への準備段階のようなところだそうですが、本当にだいじょうぶですか？」

「具体的に……」

「人間は地上に出ると、すべて一からやり直しです。輪廻転生などは、その繰り返しです。つまり、ここで勉強したことを忘却して迷ってしまわないかと思うのです」

「その心配は無用です。ここで学んだことは、すべて魂に刻み込まれるのです。そして地上に出ても迷わないように運命は開けてきます。あなたが、その証明のような方ではありませんか」

「あっ！　そうですね。よくわかりました」

健一は、自分が今、どのような状況にあるのかを全く忘れていた。彼は、はにかむ表情を見せた。それを見た講師は、ほほ笑んだ。

そしてミカエルはいう。

「それでは今村様、神の国にまいりましょう。――私もここにきて新しい知識を得ることができて、本当に有意義でした」

「それはもう、私だって同じですよ」

健一とミカエルは、講師に会釈をして席を立った。講師は手を振って見送った。

神の国

彼らは、ビルの外に出ると、いよいよ神の国に向かって飛び立った。

宇宙空間に出ると、北極点の光に向かって一直線だ。

——約三十分くらい飛行した。その時だ。前方に忽然と光の渦が現れた。彼らは、渦の中に吸い込まれて行った。

中は、トンネルのようになっていた。彼らは渦の中へと引っ張られているのだ。

そして放り出されたように空間に出た。

「神の国に着きました」

と、ミカエルがいった。

下は、何と小さな円形の池だった。彼らは、その十メートルくらい上の上空に静止している。

健一は服に手を当てたが、濡れた様子もない。実に不思議な池だ。

ミカエルは説明する。

「この池が地上の世界への出口であり、神の国への入口なのです」

「へぇーっ！　池とはね。──でも、『創世記』の最初のころの記述に『大いなる水』とかありますね」

「はい。地上の世界を構成している物質のもとは、水らしいのです。ですから、池がいわば地上との境界であっても不自然ではないでしょう」

「水……？　酸素と水素が化合したものですよ。Ｈ２Ｏです」

「私にそのようなことはわかりませんが、そう教えられているのです」

「まあ、水は命の源といわれていますから、そうかもしれません」

──健一は神の国を見渡した。空は水色一色だ。雲など、どこにもない。太陽もない。星も見えない。だが、明るい世界だ。

辺りは一面、短い草で覆われて新緑のジュータンだ。

また、真っすぐな幅五メートルくらいの白い道が、池の手前から、はるか彼方まで続いている。道の表面は、平らで光沢がある。加工した石のように見える。

道の果てには、まるで蜃気楼《しんきろう》のように都が見える。建物と新緑の木々とのコントラストが絶妙だ。建物は、神殿のようなもの、教会、寺、ビル、民家など様々だ。

と、その時、後ろを振り向いた健一は、非常に驚いた。思わず、空中に浮いたまま、身を引いた。ケルビムが立っていた。右手には、輪を描いて回る炎の剣を持っている。聖書の『創世記』の記述は正しかった。すなわち不動明王だ。

背丈は、十メートルくらいありそうだ。一見して怪物だ。その怪物が厳《いか》つい顔をゆがめて笑っている。

そしてケルビムはいった。

「今村様、御苦労様でした。私がエデンの東で番をしております、ケルビムです。――ミカエル、御苦労であった」

「ありがとうございます、ケルビム様」

ミカエルは一礼しながらいった。

健一は恐怖感が抜けて、ケルビムにいった。

「初めまして今村健一です。聖書には、えーと……あなたがここで番をしているのは、いのちの木への道を守るためとありますね？」

「はい、そうです」

やけに大きな声だ。体も大きいからだろう。

「でも？　エデンの園というのは、神の国にあったのですか。私は、アダムとエバの物語は、すべて地上の出来事だと思っていました。たとえ話であったとしてもです」

「アダムとエバというのは、人類の男と女の総称です。そしてエデンの園は、あの都です」

ケルビムは、西の方角に見える都を指差していった。

健一はケルビムに質問する。

「――では、『神である主は、人をエデンの園から追い出された』という記述は、神の国から追い出されたと解釈すべきですね？」

「いや、神の国から人類を地上に送られたというのが正しい真実なのです。聖書の記述間違いです」

「ああ、精神的惑星の講師が語ってくれたことと、それでつじつまが合います」

「それと、人類は特に原罪などおかしていません。地上に出れば必然的にそうなるのです」

「ケルビムさん。聖書に記述間違いがあってもよいのですか？」

「原罪という表現は、地上の人類への戒めであり警告です。そして聖書のたとえ話は、アダムとエバの物語だけです。ただし、聖書は、編集を重ねたことにより間違った記述が若干あります」

「それでは、聖書自体、信憑性《しんぴょうせい》に欠けますね？」

健一は、少しがっかりした様子を見せた。キリスト教の根本こそ、聖書ではないかと思ったからだ。

だが、ケルビムは、めげることなく堂々と答えた。

「聖霊の力によって、新約聖書の『福音書』については、すべて真実です。すなわちイエスの物語です。聖書が何であるかは、そこに尽きるのです。イエスの教えによって、旧約聖書の『十戒』も成就したのです」

「――そ、そうですね」

健一とミカエルは、池の前に着地した。そして健一はケルビムに質問を続ける。

「いのちの木への道とは、この白い道ですね。道を進めば、そこにたどり着けるのですね」

「はい。いのちの木は、エデンのはるか先だといわれています。

私は、いのちの木を見たことがありません。今は、エデンに入れない存在なのです。最後の審判の時まで職務を全うしなければなりません」

健一は、その時、怪物のように大きなケルビムが小さく見えた。と同時に、これからエデンに向かう自分は、どういう存在なのだろうと思った。

「今村様。いのちの木について他に、神の国の人たちに聞いて知っていることがあります」

「どのようなことですか？」

「いのちの木は、神の心臓部分から出ているそうです。そして、いのちの木から神の糸が伸びて、この池を通して地上と霊界の生類の魂につながっているらしいのです。また、神の糸は、神の国の人たちにも、だれにも見えません」

健一は、腕組みをして少し考えた。そして「何となくわかりました」と、答えた。

それから、さらに質問だ。

「あなたは、ここで番をされていますが、サタンたちは何を目的に侵入してくるのですか？」

彼の質問にミカエルが答えた。

「いのちの木です。サタンは、それを手に入れれば、下界を征服できると思っているのです。しかし、いのちの木が何であるか彼は知らないし、全く不可能なことです」

「そういうことですか」

彼は、軽い感じで答えた。が、しかし、本当はたいへんな体験をしている。そのことに気づいていない。聖書の記述の謎解きを、見聞しながらしているのだ。

そして、ミカエルは右手を振っていった。

「今村様。私は、ここまでです。職務に戻ります。――では、さようなら！」

「ありがとうございました、ミカエルさん！　さようなら！」

健一も、そういうと会釈をして、大きく手を振った。

ミカエルは、池の中に消えて行った。

「さあ！　メアリー様がお待ちかねです。早くエデンに向かってください」

「では、ケルビムさん、行ってきます」

――健一は、白い道の五メートルくらい上を飛んで行った。だが、少しして道とは歩くものだなと思い、彼は降りて歩き始めた。

魂の体とは、歩いても実に軽やかだ。ジャンプをすれば、あっという間に数メートルは前進する。

彼は思い切り叫んだ。

「メアリ――ッ！」

すると、どうだろう。二百メートルくらい前方に人が見える。近づくにつれて、メアリーだとすぐにわかった。

「健一――っ！」

彼女も叫んでいる。

ついに二人は再会を果たした。それも神の国で。健一の悲願はかなった。いや、悲願というより、それは彼の魂の叫びであった。

彼女は、足首まで被る純白の服を着ている。腰には銀色のベルトを締め、銀色の靴を履いている。

その時、健一は、しまったと思った。なぜならパジャマ姿だったからだ。寝ている状態で魂が離脱したので、足もはだしだ。

これまで、それが恥ずかしいとか全く思わなかった。だが、今は彼女と同じようになりたいと思った。

すると、一瞬のうちに彼女と同じ純白の服に変身した。ベルトも靴も同様だ。

――しばらく二人は、立ったまま見詰め合った。

メアリーは、生前よりも美しいと思った。化粧をしている様子もないのに、神秘的な美しさだ。その美しさからだろうか、自分よりも少し年上に見える。

ブロンドの髪は、光り輝いている。左のほうがやや釣り上がった眉や、少し厚かった下唇もバランスがよくなった。ほおは、少しふっくらとした。

また、エメラルドグリーンの目は生前のままだが、それは、もともと神の国の住人の象徴であったと思える。

そして白い肌は、顔と首から胸にかけて、それと手首から先しか見えないが透き通るような美しさだ。

健一は、メアリーを抱き締めた。彼女もまた。

二人は、温もりを感じ取った。実に魂の体とは、魂同士以外に温かさとかの反応がない。

——彼らは、手をつなぎ、エデンに向かって歩いて行った。

「あなたが肉体を置いてここまで来ることができたのは、大いなる奇跡だわ」

「そうだね。私は君と会うために、宇宙の厚みを越えてやってきた！……だいぶ格好つけ過ぎたいい方かな」

彼は、照れくさくなり、右手の手のひらを頭の天辺《てっぺん》に当てた。

「私への愛があってこそ、ここまで来ることができたのも確かよ」

「でも、ミカエルさんに導かれて来たのは確かだね。——君も私を導いたの？」

「違うわ。私は、神の国では未熟者よ。今は、真理について勉強中の身なの。だから導くなどということはできないわ。天使ミカエルさんにお願いしたのは私だけど。そうね。あなたと私が神の国で再会できたのも、神の恩寵というのが正しいわ」

「神の恩寵。英語でアメイジング・グレイスだね。あの有名な聖歌が聞こえてくる気分だよ」

メアリーは「おお、アメイジング・グレイス」とつぶやいた。そして、右手の人指し指で十字を切った。

「メアリー、歌ってくれないか！　アメイジング・グレイスは、得意中の得意だっただろう。君は、本格的に聖楽を習っていたし」

「あとで歌ってあげるわ」

「そうか。――ところで、君は地上での死後、私のように霊界を通って、ここにきたの？」

「いいえ。目の前に光の渦が現れて、神の国の方に導かれ、ここに直行よ。でも、その直前、つまり死の直後、私にたいへんなことが起きていたのよ」

「どういうこと？」

「肉体から抜け出た瞬間、自分がどこから来たのか、まずわかったわ。すなわち、今住んでいる神の国のエデンが故郷だったわ。あなたもそうよ。いや、すべての地球の人類の故郷はここなの。私は、エデンで産声を上げたのよ。――といっても最初から大人だったけど。しかも言葉も話せたし、真理についても、生まれた時からある程度理解していたわ」

「――ん？　君は、エデンのどこで生まれたの」

「中央にある教会の中に出現したのよ。あなたも魂が目覚めればわかるわ」

「うーん。それから――」

「多くの人たちに導かれて、エデンで何百年もの間、過ごしたわ。その間、今と同じように勉強、いや研修をしていたのね。そして研修を終了して、第一段階の地上学校に送られたのよ」

「それで、送られてから地上と霊界を輪廻転生していたわけだね」

「そうよ。私も、すぐに輪廻転生の悪循環の中にはまったわ。でも、霊界での記憶は全くないの。

つまり霊界は夜の世界で、夢の中なのよ。地上の世界が昼の世界と考えられるわ」

「地上での記憶はどうなの？」

「断片的にしか覚えていないわ。千回以上も地上に生まれたというのにね。でも、だれも同じことだわ」

「ん？」

「人は、千日前の今日、何をしていたか思い出せる人なんていないでしょう。それと全く同じね」

「なるほど」

「でも、地上学校に送られる前のここでの記憶は、鮮明に覚えているわ。それと……」

「何だい？」

「生前の健一との思い出よ」

「君は、そんなに私のことを」

「あなただって同じでしょう。うふふふ」

「そうだね。あっはっは」

二人は笑ったが、直後、メアリーは急に真剣な顔になっていう。

「大切なことをいい忘れていたわ。最初にいうべきだったわ。——救い主はイエスだけだということね。すべての宗教を超えて、救われるべき人はイエスに救われるのよ」

「君もイエス様に」

「当然よ。私が地上学校の初等部を卒業できたのは、すべてイエスのおかげだわ。それに初等部の校長先生は、イエスだもの。校長先生にしか卒業証書は渡せないでしょう。

ただし、初等部の地上学校は、地球以外にもあるそうよ。さらにはエデンの主宰者もイエスね」

彼女は、たとえ話で簡単にいってのけた。だが、最重要なことだ。

「初等部以上の段階に進んでいる人たちもいるの？」

「いるわ。あるいは、帰還して、神の国のどこかに住んでいるはずよ。それと、すべての地上学校を終えた人たちも神の国にはいるわ」

「神の国って、どういう世界なの？」

「広大すぎて、私にはよくわからないわ。エデンについていえば、最初の地球という地上学校に送られる準備段階の人たちと、終えた人たちの世界ね。

そして、地上学校という、魂の向上が必要な人たちが住むこの世界は、神の体の表面なの。エデン以外の世界もそうね」

「何だってーっ！　神の国は、神の体そのものなんだ」

「そう。でも、神には他の姿もあるわ」

「ん？　神の体の中にも世界があるわけ！」

「あるわ」

「………」

「それからエデンだけど、ヘブライ語で歓喜の意味ね」

――彼らの心中も今、正に歓喜に満たされていた。二人は、あっという間にエデンの入口まで歩いて行った。

入口には、フランスの凱旋門《がいせんもん》とそっくりな門があった。門の上部には文字が刻まれている。当然、エデンと刻まれている。

メアリーが門をくぐると、その後から健一も、一礼してからくぐった。

いのちの木に続く白い道は、門の先もはるかに続いている。しかも一直線だ。

門を入るとすぐに、白い道から碁盤の目のように道が開けている。白い道は、エデンの中央を通っているのだ。

健一は、メアリーに手を引かれながら最初の左の角を曲がった。道の両側には、新緑の街路樹が植えられている。また、道に沿って民家が並んでいる。

「メアリー。ヨーロッパ辺りの住宅街みたいだね。地上と何ら変わらないよ」

「そうよ。エデンでもこの辺りは、地上にいた時、ヨーロピアンだった人たちの住宅街なの」

「でも、君はアメリカ人だっただろう」

「私の前世がイギリス人だったのよ。八十二歳まで長生きしたわ。健一の前世もイギリス人ね。そして私の友人だったのよ」

「え――っ！」

「いや、友人以上というべきかな。うふふ」

「そ、そうだったんだ！　でも、やはりそんなことは、私の記憶の中にないなぁ」

「私は目覚めた魂よ」

「――ん。でも何か風景に郷愁のようなものを感じてきたよ」

「それに辺りをよく見なさい。地上と違い、道や建物に汚れや塵《ちり》など一切ないでしょう。神の国では、朽ちるものが何もないからよ」

彼は、辺りをよく見渡した。

「美しい。すべてが真新しく光り輝いている！」

そして、さらにあることに彼は気づく。

「影がない！　道に自分の影がどこにも映っていない。建物の周りにも――。太陽がないからか？」

「違うわ。神の国は地上と違って、相対の世界ではないからよ。手の平を合わせて、中をのぞいてみなさい」

「あっ！　暗くない。影ができない」

「神の国は、神ご自身が照らしておられるからよ。でも、なぜ影ができないのか、その原理は私にはわからないわ」

――すると、向こう側から数人の人たちが歩いてきた。健一たちと軽く会釈を交わした。

男も女も、みな若く美しい人たちだ。二十代半ばから三十代といった感じだ。天上界にも若く美しい人たちがいたが、意味合いが少し違う。神秘的な美しさを漂わせている。また、当然、こちらでは老いることがない。

——さて、健一だが、肉体を地上に置いてきていることを思い出した。

「メアリー。私は地上の世界に帰らなくちゃならないんだろう。地上の世界に思いを向けると、病院のベッドの上に肉体があるのが見える」

二人は、黙ったまま立ち止まった。

そしてメアリーは、きっぱりといった。

「あなた次第よ。私は、地上に戻って、見聞したことを地上の人々に伝えることができないかと思っていたの」

「伝えるって？」

「体験を本にするとか」

「本？　ダメだね。現代の日本では、本は売れないものの代名詞だ。全国的に書店は少なくなっていくしね。自費出版はブームみたいだけど」

「自費出版？　そんなものは、ほとんどが自己満足以外の何ものでもないでしょう。そんなことをするお金があったら寄付するべきよ」

寄付。彼女は、神の国の住人になっても同じことをいう。

「私が体験を原稿に記しても、出版社はどこも受け取ってくれそうにない。くだらないエンターテインメント小説が注目される昨今だ。本も娯楽の部類なんだよ」

そして、また二人は黙ったままだ。少し重苦しい雰囲気になってきた。彼らは、道で立ち往生だ。

健一は、天を見上げていた。二つの選択をしているのだ。そして結論を出した。

「君は、私次第だといったね。それなら地上の世界はもういいよ。神の国の住人になりたい。可能なんだろう」

「――今、あなたの肉体の心臓が止まったわ。あなたが決断したからよ」

「ん。地上の世界には何の未練もない。両親に社会に出るまで育ててもらったことを感謝するだけだ。それにしても、私の地上の短い人生で、神について語れる人は君だけだったとは……」


地上では、健一の肉体の心臓が止まったことを病院の医師たちが確認した。つまり死亡確認だ。彼の家族たちは、さほど悲しむ様子もない。もう一ヵ月以上も昏睡状態が続いていたからだ。地上の時間の流れは早い。健一にとっては、肉体を離れて一日くらいだ。

その日のうちに、遺体は実家に移された。二日後、茶毘に付され、告別式が行われるのだった。

健一は、もう地上の人ではない。それとも、第一段階の地上学校を卒業したというべきか。それも、やっとのことで。


さて、神の国の住人となった健一は、肉体の死から数分後、魂が目覚めた。彼は跪《ひざまず》いて動かなくなった。目も閉じた。

そんな彼の頭上に稲妻が落ちた。神の国の洗礼だ。

「健一ーっ！」

「ああ、メアリー。今、私は君が死の直後に体験したことが理解できた。そしてイエスに救われたということも。確かにイエスは、ミカエルさんがいっていたように、神の国への門といえるお方だった。ん、記憶喪失だったとしかいいようがない。でも……？」

彼は、首をかしげた。

「でも、何よ？」

彼女は、とても不思議そうな顔をした。当然だ。驚異的体験をしたというのに、何か疑問があるようだ。すでに目覚めていたかのように。

「メアリー、私は目覚めたというのに、本源の神については全くわからない」

「目覚めた健一は、すごいわねえ。すぐに本源の神に思いを向けるなんて。私もいまだにわからないわ。だから今は、研修中の身なの。ある所で百年くらいね。それから次の段階で地上学校に送られるのよ」

「ところで、これからどこへ行くの？」

健一は立ち上がった。

「私の友人を、まずは紹介するわ。その人の家に行きましょう。神の国では私の先輩よ」

彼女は、彼の手を引き、今度は右手の角を曲がった。それから道なりに約十分くらい歩いた。そして、ヴェージュ色の二階建ての小さな家の前で止まった。

家のドアの前に行くと、ドアが開いて中から女性が出てきた。

その女性を見て健一は、思わずいった。

「あなたは、アメリカの女優のジェニファー……何ていいましたっけ？」

「えーっ！　違いますよ。私はヘザーです。生前はメアリーさんと同じアメリカ人です」

「そ、そうですか。失礼しました。私は、今村健一です。はじめまして。神の国へきたばかりです」

「存じております。メアリーさんから今村さんのことは、よく聞いていました」

二人は、あいさつを交わした。

それにしても、ヘザーは、あの女優にそっくりだ。細面の超美人だ。しかも、スタイル抜群ときている。まあ、メアリーもそうだが。年齢は二十代後半くらいか。

スタイル抜群といえるのは、彼女の服装からそれが一目瞭然なのだ。黒のワンピース姿なのだが、豊満なバストを少し露出させている。さらに、ヒップラインもくっきりとわかる。彼女の服は、体に密着している。

身長は、アメリカ人のわりには、やや低いほうだ。メアリーほどではない。また、髪は茶色だ。

するとメアリーが、健一の心を読んで、注意した。

「健一！　ヘザーさんに見とれているわね」

「でも、変なことを想像したりしていないよ。というより、それができないんだ。頭の中がまとまらない」

「そう。うふふ、あはは！」

「メアリー、何がおかしい」

「性欲から解放されたからよ。これで『十戒』の姦淫の戒めをやっと守れるわね」

だが、健一は浮かない顔をした。

「でも、ヘザーさんを見ていると残念な気がするよ」

「今村さん。私が丸裸であっても、もう何も想像できませんね」

「ま、丸裸ですって！」

「あら、アダムとエバ、つまり最初のころの人間はそうだったのかもしれません。神の国でも、どんな服装でいようと関係ありません」

—健一は納得だ。

「あっはっは！」

「うっふっふ！」

「うっふっふ！」

三人は大笑いだ。

そして健一とメアリーは、ヘザーの家に招かれて入って行った。

玄関には、大きな鏡が掛けてあった。健一は、神の国の住人になって初めて自分の顔を見た。

〈うーん。かなりいい男になった。こちらの世界では、魂の反映が姿となって現れる〉

彼は、教わりもしないのに常識的なことはすべてわかる。それは永いこと閉じ込められていた肉体などによってだ。

家の中は、壁が白一色で、床が茶色の板張りだ。地上のどこにでもある感じの造りだ。水道やキッチンやトイレはない。ここでは当然、食生活などないからだ。

ヘザーは、玄関から入って右手の部屋に案内してくれた。そこは、応接間だった。テーブルとソファーがある。

健一とメアリーは座った。ヘザーも向かいのソファーに座った。

健一は、また拍子抜けだ。これでは、地上の日常生活の一部と何もかわらない。神の国では、住む人たちの家の中に何か特別なものがあると期待したからだ。

だが、部屋の中をよく見渡すと、それがあった。

ヘザーに目をやった時、彼女の後ろの壁にイエスの写真らしき額がある。どう見ても写真だ。肖像画ではない。

健一は思わずいった。

「へ、ヘザーさん。後ろの額は、イエスですよね？」

「はい、そうです」

「こちらの世界にもカメラがあるのですか？」

「うふふ。カメラなどはありません」

ヘザーは笑いながら答えた。メアリーも隣で笑っている。

「今村さん……」

「ちょっと待ってください。健一と呼んでください。ヘザーさんにそう呼んでもらえると、うれしいですね」

「では、健一さん」

「うっ、何かゾクッとしますね」

メアリーは、少しふてくされた顔をした。

「その写真は、私が想像力で生み出したものです。私の家も、この世界の人たちの想像力の産物です。その先は、説明しなくてもおわかりでしょう」

「ああ、はい。わかりました。私も、こちらの世界にきて、パジャマ姿から、今着ている服、そしてベルトと靴を想像力によって出現させました。」

「健一。もう一度、その力を試してみたら」

と、メアリーがいった。

「試すって何を？」

「今一番、欲しいものを出現させてみせてよ」

「欲しいものね？――アイスコーヒーかな。ここでは、のどの渇きなど感じないけど、テーブルがあると習慣で飲み物が欲しくなってね」

「アイスコーヒーですって。うふふ」

「うふふ」

彼女たちは、また笑った。彼が地上で価値のあるものをいってくると思ったからだ。ダイヤモンドやエメラルドの宝石を想像力で生み出すことも可能だ。それも特大のものを。

健一は、テーブルの上に目をやり、コップに入ったアイスコーヒーを念じた。

と、次の瞬間、アイスコーヒーが忽然と出現した。氷も入っている。しかも、ストロー付きだ。

「飲んでごらんなさい」

と、ヘザーがいった。

彼は、恐る恐る一口飲んだ。確かにそれだった。しかし、不自然さを感じた。

「今飲んだアイスコーヒーは、私の体の中でどうなるのですか？」

と、ヘザーに質問した。

「のどを通ると、食物や飲み物はすぐに消滅します。それと、自分が想像力で生み出したものは、消えてなくなれと念ずれば消滅します。想像物に実体はありません。本当に実体のあるものは、神の大いなる魂と人類の魂、その他の生類の魂です」

「わかりました」

——健一は、ここで話題をかえた。

「メアリー、ヘザーさん。ここから、いのちの木のあるところまで行けますか？」

そしてメアリーが答えた。

「行けないわ。近づくほど、神の生成エネルギーの流れが強く、逆らって進むことができないのよ。もし、いのちの木にたどり着くことができれば、そこを下ると神の体の中の世界なの。話が飛躍するけど、私たちはこれから魂の向上の過程を踏むことによって、その世界に至ることになるのよ」

「メアリー。神の体の中の世界とは、どういう世界なの？」

「神の一歯車として、個の魂が支えるための仕事をするところといわれているわ」

「えーっ、また仕事……」

健一は、がっかりした表情を見せた。

「地上の仕事とは違うわ。神の体の中では、個々の魂が仕事を通して真価を発揮できるらしいわ。神のために仕事ができるのよ」

ここで健一は、ある疑問が浮上してきた。これまでの会話の内容とは、全く関係のないことだ。

「ヘザーさんは、生前、アメリカ人ですね。それなのに、なぜ日本語が話せるのですか？」

健一の質問に彼女たちは、またもや笑った。

ヘザーは、少し考えてから答えた。

「神の国では、すべての人類が一心同体と考えてください。神の糸は、隣人《となりびと》とも、みなつながっているのです。私が日本語を話しているのは、あなたの魂の核にある言語中枢を使っているといえばいいですかね。健一さんも、私の言語中枢を使って英語を話すことができます。そのうち自然と覚えますよ」

「いや、英語に関しては、もう問題ありません。前世のイギリスでの記憶がよみがえっていますから。少し古い時代の英語ですが話せます」

「あっ、そうですね」

ヘザーは、ちょっと苦笑いだ。

「外国語を即座に日本語にして取り込む能力も、あなたは体験しているでしょう。ここに来る途中で」

「えっ、メアリー、それは？」

「天上界の僧侶の説法。精神的惑星の講師。天使ミカエルさん。彼らは、日本語で話してなかったのよ。それと魔界のサタンもね」

「えーっ！――ということは、魂の体、いや神の国では何語でも関係なく通じ合えるんだ。じ、実にすばらしい！」

少し無言の時間が流れた。

そして健一はいう。

「それから……私は、地上では死んじゃったわけですけど——」

「何ですか、健一さん？」

と、ヘザーがいった。

「肉体を地上に置いて、神の国を見聞した後、また地上に戻ったなんて人はいましたか？」

「私が知る限り、プラトンがそうです。あの方の場合は、地上の世界の見聞に行ったのですね。時には神の国に戻って来られたりと。偉大な方です」

「へぇーっ。プラトンの場合は、仏教の言葉を借りていえば下生されたのですね？」

「そうです」

「えーと、霊界著述で有名なスエデン何とかさんは？」

彼の質問に、メアリーが不愉快な顔をして答えた。

「それ愚問ね。あなたは、その答えを半ば知っているはずよ。霊界がどんなところかなど著したところで、何の意味もないでしょう。でも、彼のように霊界を見聞したという人は、けっこういるらしいわ」

メアリーは、少し間をおいてさらに説明を加える。

「霊界について一言。まず地上の世界は、神の国の影ね。地上のことを現世《うつしよ》ともいうでしょう。霊界は地上のさらなる影ね。ただし、動物の霊界だけは、神の創造された世界よ」

「よくわかったよ。——あっ、そうだ。メアリー、研修をしているといってたけど、どこで?」

「ここから三百キロくらい西に行ったところよ」

「私たちは、今日、健一さんが来るので休みを取っています」

と、ヘザーがいった。

「それは、たいへん恐縮です」

そしてメアリーは、何か思いついたようで、両ひざに手のひらをポンと乗せていった。

「ヘザーさん。今からでも研修所に行ってみませんか?」

「あっ! 今行けば、ちょうどよいタイミングですね。健一さん。空を飛んで行きます。あっという間に着きますよ」

——三人は、水色の大空へと舞い上がった。健一は二人の後について行った。

彼は空からエデンを見下ろして、その大きさが把握できた。さほど広くはない。日本の一つの都市くらいのものだ。

その先は、広大な草原地帯と白い道だけがどこまでも続く。

「ヘザーさん。一つ質問してもよろしいですか? 空の上なんですけど」

「何ですか?」

彼女は、即座に振り向いて答えた。

空を飛んでいるというのに、声がよく通る。いや、飛んでいるだけなら物音一つしない。

だが、真空状態ではないはずだ。なぜなら声が伝わる。しかし、霊界もそうだったが、空気のようなものは存在しない。風圧を全く感じない。

また、呼吸をしていないことに健一は気づいていない。それは、肉体を離れてから、ずっとだ。

「ヘザーさん。ご家族は、どうしていらっしゃるのですか？」

「それは、いえません」

彼は、まずいことを聞いてしまったと思った。だが、彼女はすぐにそのわけを話してくれた。

「神の国の人たちは、みな一人で暮らしています。たとえ、生前、家族であった人たちがこの世界にいたとしてもです」

「もっとも、こちらでは家族の必要性がないでしょうから」

「人間は本来、一人で生活するものなのです。しかし、地上は、最小限、夫婦で生活する人がいないと子孫が絶える世界です。そこで、家族という最小限の組織が必要なのです」

「家族は組織ですか？」

「はい。地上の人たちには理解しにくいことでしょう。そして組織は、どのようなものであろうと魔的です。親子などは、姿かたちは似ていても、考え方など懸け離れていることが多いのです。よって、大方の家族はうまくいきません」

「全くですね」

「最小限の家族という組織がうまくいかないから、大組織という一国の状勢もよくならないのです。多くの国々がそうでしょう。組織は、独裁者を生む温床です。地上では、いまだに独裁者の支配する国があるから驚きです。国民にも大いに問題があります」

「ああ、はい、はい」

「健一さん。神の国に組織などは存在しません。神の国を総括する主宰者が本源の神だからです。神のもとに人類は一つであり、みな平等です」

「組織などがあっては、真の自由はどこにも存在しません。——おわかりいただけましたか？」

「はい、ありがとうございました」

健一は、ヘザーもすごいと思った。外見だけでは浮かれたような印象を受けるのだが、そんなことは、こちらの世界では関係ないようだ。

「ところでメアリー。君も一人暮らしだろう？」

「当然よ。独身生活は最高だわ」

「うーん。君と私がいっしょに生活することは、永久にないわけだ」

「でも、いつでも会えるからいいじゃない。それに、恋人のままでいられるわ」

——さて、三人は飛行を続けた。

しばらくすると、健一はあることに気づいた。

「メアリー。もっと上空に昇ってみれば、ここが神の体のどこなのかわかるんじゃないか？　いや、神の全貌《ぜんぼう》を見ることもできるんじゃないのか」

「実は、五万メートルくらいまで昇って下の風景を見たことがあるわ。しかし、一面、ほとんど新緑色にしか見えなかったわ。さらに上空に昇るには、限界があるのよ。壁があるの。やわらかいクッションのようなものに弾き出されてしまうのよ」

「その壁は何？」

「わからない。でも、一つだけ確実にいえるのは、壁の外も神の所有する世界だということね」

「わからなくてもいいじゃありませんか。私たちは神の子であり、それ以上のものではありません。健一さん、それでは不満ですか？」

と、ヘザーがいった。

「とんでもない！　ヘザーさんのような方がそういわれるなら、私などは何もわからなくてもかまいません」

「うふふ。あなたはとても謙虚な方ですね。それでいいんですよ」

——前方に巨大な建物が見えてきた。幾何学的な形をした白い美しいビルだ。それも近代的といえる高層ビルだ。広大な草原の中に姿を現した。

「あれが研修所よ」

と、メアリーが指を差していった。

三人は、研修所の正面の入口の前に降り立った。

入口は、何と地上にある自動ドアだ。

一階は、ロビーのようなところだ。しかし、驚くほど広い。研修生たちが、ソファーに座ってくつろいでいる。どうやら休み時間のようだ。

健一もソファーに座った。彼は、地上の習慣からすると、そんな時、タバコを吸ったりするものだ。だが、魂の体となった今、欲求が湧いてこない。

酒についても思いをめぐらせてみたが、同じだ。メアリーには、どちらもやめるようにと、よくいわれていたものだ。

健一は、隣のソファーに座ったヘザーに聞いてみた。

「実は私、学生時代にタバコと酒をやるようになって……」

「それで、どうしました?」

「バカげた質問ですが、地上の世界のタバコと酒についてどう思われますか?」

「あなたは、どのように思いますか?」

逆に質問された。

「こちらの世界では、どちらも全くいらないものです」

「地上の世界でも、本当はいらないものです。生活必需品ではありません。タバコや酒のその分のお金を不幸な人々に寄付するべきです。寄付は、生前のメアリーさんの志でしたね。

でも……うふっ。タバコについては、私にどうこうという資格がありません。生前は、くわえタバコのヘザーと呼ばれていました」

「えっ！　それ本当ですか？――ヘザーさんは、そのお姿もそうですが、神の国では何かアンバランスと思えるところが逆にいいですね」

その時、アナウンスが聞こえてきた。

「研修生のみなさん。あと十分で講演が始まります。八階の会場にお集まりください」

これから午後の研修時間に入るのであった。そして、たまたま、だれかの講演に出くわしたのだ。

また、エデンは基本的に地上と生活リズムがかわらない。一日は二十四時間だ。夜の時間になれば眠る者もいる。ただし、夜の闇はない。

だが、本当は眠る必要もないのだ。ここは、研修生たちの世界だ。まだ、地上の生活習慣が抜けきらない。慣性の法則のようなものだ。

三人は他の研修生たちとエレベーターに乗って、会場に向かった。

会場には、すでに百人くらいの研修生たちが席に着いていた。そしてステージがあった。

三人は、一番後ろに近い席に着いた。右側から、ヘザー、メアリー、健一の順だ。

「メアリー、今日は、だれの講演なの？」

「あっ！　それをいってなかったわね。イエスよ」

「な、なんだって！　イエスーっ！」

これには、健一も神の国にきて一番驚いた。

彼に、またとない機会がやってきた。イエスこそ、今の彼にとって主であり神だ。その方の講演を直にお聞きすることができる。

——やがてステージの中央に、まばゆい光が現れた。そして人の姿になり、イエス・キリストその方になった。

健一は、男性なのに何て美しい方なのだろうと思った。足までかくれる純白の服を身に付けている。全身､透き通って見える。光り輝いている。イエスが登場して会場がずっと明るくなった。

大きな拍手と歓声が沸き起こった。

また、健一は、顔の表情が、レンブラントが描いた肖像画にそっくりだと思った。

イエスは語り始めた。

「みなさん、こんにちは。今日は、この間の続きをお話しします」

マイクも持たないのに、後ろの席まで声がよく響く。

だが、健一は、そんなことより、イエスが会場の人たちに向かって敬語を使っていることに驚いた。聖書の中では、気性の激しい方というイメージが彼の中にあったからだ。

事実、その言葉は、「イスラエルよ聞け」とか命令形が多い。それも愛を説きながらにしてだ。その答えは、イエスの布教の期間の短さからだろう。ヨハネからバプテスマを受けて、十字架までの間は、時間との闘いであったに違いない。

健一は今、聖書の中のイエスではなく、神の国のイエスと接しているのだ。

イエスは語る。

「先日は、地上の世界から神の国に帰還するための方法論をお話ししました。いくつかの方法がありましたね。しかし、神の国への最短の方法を、まだみなさんにお話ししていません。

それは、私が聖書の中で述べた祈りです。すなわち『天にいます私たちの父よ』で始まる祈りです。今日、キリスト教会では、主の祈りと呼ばれています。この祈りの生活をすることが、神の国への帰還を確実にします。なぜなら、私の主である父に、私に、神の国に直通する祈りだからです。

実は、祈りの言葉は私の教えのすべてを包含しているのです。というのは、神を愛せと私は説きました。それが教えの基本でした。そして、神を愛する行為が祈りなのです。

――祈りの生活に至った人たちの経緯をお話ししましょう。そのような人たちは、自分とは何かという探究から入って行きます。人間とは何かでも同じことです。しかし、そのテーマは、神とは何かを解かなければ答えが得られないことを、やがて知るのです。

ですが、神の探究など不可能なことです。そこで、神に近づくにはどうすればよいかと思案するのです。

そして、私が説いた神を愛するという一つの結論に達するのです。その結論は、他の聖典によってもたらされることもあります。それと閃きです。

次に、いかにしたら神を愛せるかと人は思案するのです。その最終結論が主の祈りです。

——旧約聖書には、主の祈りがありません。が、しかし、人々の祈りがありました。それはそれで、神に対する最高の行為でした。

ですが私は、救世主として地上に下った者です。人類にとって真の救いの祈りの言葉をもたらす使命があったのです。私の父からそういい渡されたのです。よって、地上でも神の国でもどこでも通用する祈りです。

以上、祈りについてお話しさせていただきました」

会場は、しぃーんと静まり返っている。

イエスは、座席から向かって右側にあるホワイトボードのようなものに、何かを書き始めた。直線を横に引き区切りを付けたのだ。

「これは、ヒンドゥー教では、直線全部を指して、マハー・ユガといいます。大きな時代という意味です。マハー・ユガの初めは、サティア・ユガといいます。純潔と真実の黄金時代という意味です。地上の時間単位で、実に百七十二万八千年です」

直線は、四ヵ所に区切られている。左から右に向かって時代は進む。区切りの間隔は、右に向かうほど短くなる。

「次がトレータ・ユガで、百二十九万六千年です。そして、第三期のドヴァーパラ・ユガは、八十六万四千年です。現代の地上は、最後の第四期でカリ・ユガです。時間は最も短く、四十三万二千年になります」

健一には、すでにユガの知識がある。彼は、精神的惑星で見た四枚の肖像画を思い出していた。

「聖書は、マハー・ユガの記録であり、その終末を予告するものです。ただし、『創世記』でサティア・ユガからカリ・ユガまで一気に進行してしまいます。『創世記』以後は、すべてカリ・ユガの記録なのです。

そして、ユガが進むに従って、人類の寿命も短くなるのです。カリ・ユガに生きる現代の人類は、百年生きることは希です。しかし、前時代に生きた『創世記』のノアなどは、実に九百五十年も生きたと記されています。

よって、カリ・ユガに生きる者たちは、短い人生の中で神の国への帰還を果たさなければなりません。そこで私は、今から約二千年前、今のイスラエルのベツレヘムに肉体を持ちました」

――それからイエスは、三十分くらい講演をした後、最後の審判について語る。

「地上のカリ・ユガは、短くなる可能性があります。最後の審判の時が早くなるということです。それは、救われるべき人たちが邪悪な者たちに足をすくわれて、神の国に帰還できないでいるからです。

すべては、私の意志にかかっています。父は、この私に地上の世界をすべて委《ゆだ》ねられたのです。私は、一度でも、父である神に、そして私に心を向けた人たちを、必ず救います。

最後の審判の主たる目的は、救いなのです。最終的には、地上のすべての人類が救われることになっているのです。動物以下に退化した人類も救われます。なにしろ、堕落して悪魔になった神々でさえも救われるのです。そうでなければ、全知全能の神は成立しません。そして救世主である、この私も。

――今日は、これで講演を終わらせていただきます。ありがとうございました」

会場は、大きな拍手に包まれた。次の瞬間、イエスはステージから手を振ったかと思うと消えた。短い講演だったが、イエスは不変の真理を説いた。

健一は、感慨無量といったところだ。少しの間、席を立たず、思いに浸っていた。彼は、最後の審判の目的が救いだということにえらく感動した。

「健一。帰るわよ」

と、メアリーに声をかけられた。


三人は研修所を出た。そして健一は、魂の体の力を試してみたいといい出した。

「ヘザーさん、メアリー。想像力を使って車を出現させてみます。その車で帰ろうと思う。出来るかどうかわからないけど、まずは試してみます」

まあ、コップに入ったアイスコーヒーは、出現させることができたが。

彼は、拳《こぶし》に力を入れて念じ始めた。すると、霧のようなものが、車の大きさくらいの塊になって現れた。やがて車の形をつくり出した。そして色彩が現れた。色は濃いグリーンだ。

さらに、ピンぼけした写真のピントが合うように車は出現した。

「やったーっ！」

彼は歓声を上げた。

その車は何と、イギリスのオープンスポーツカーだ。

彼は低い運転席に乗り込むと、キイをひねった。

「クックック、グォ――ン！」

ものすごいエンジン音だ。

「あっはっは。一度、乗ってみたかった車なんだ。メアリー、助手席に乗って」

「ヘザーさんは？」

「あっ、すいません。二人乗りの車を想像してしまいました」

「うふふ。私は空を飛んで帰ります。二人でドライブを楽しんでください」

そういうと、ヘザーは空に舞い上がった。

「さて、メアリー行こうか。GO！」

健一は、車を白い道に出すと、アクセルを全開にした。

「クォ――ン」

エンジン音は変わり、壮絶な加速をした。

道の表面がツルツルなのに全くスリップしない。あっという間にスピードメーターは二百キロになった。

健一は、もっとスピードが出るように念じた。すると車はさらに加速をして、スピードメーターを振り切った。

「F1の世界だなこれは！　道が真っすぐだから助かるよ。それに道を歩いている人なんて、だぁーれもいない」

だが、そんなにスピードが出ているとは感じない。オープンカーに乗っているのに全く風が来ないからだ。健一は、せっかくだから風が欲しいと思った。

その時、メアリーは、彼の気持ちを読み取って、一言、大声でいった。

「風よ――っ！」

「ビシュ――ッ！」

ものすごい風圧がきた。それでも全くスピードが落ちない。

――そして、ヘザーの家の前に着いた。しかし、玄関のドアの前には、すでに彼女が立っていた。笑っている。

「遅いですね。もう、ずいぶん待ちましたよ。うふふ、あっはっは」

「うーん。地上の乗り物など、こちらでは全く役に立ちませんね。あはは」

健一は苦笑いだ。

彼は車を降りると、「消えろ！」と一言、車に向かっていった。一瞬のうちにスポーツカーは消えてなくなった。

「私の家に行きましょうよ」

と、メアリーがいう。

「そうしましょう」

と、ヘザーもいう。

ヘザーの家から角を曲がると、すぐに彼女の家に着いた。彼女たちは、近所同士だ。家も、ヘザーの家と造りがそっくりだ。そして同じように、ソファーとテーブルのある応接間に通された。

壁には、やはりイエスの額があった。彼女の神はイエスであるから当然だ。ヘザーも同じだ。そして健一もだ。

——健一は、ソファーに座ると、あることが頭を過った。それは、全く眠っていないことだ。ただし、魂の体の眠りである。

彼は、彼女たちに聞いた。

「あの……お二人は眠りますよね？　こちらの世界に夜はないようですが」

「眠ることもありますよ」

「私も時々、眠るわ」

「私は、眠らなくても大丈夫ですか？　魂の体といっても、少し疲れた感じがします」

「それなら二階の寝室のベッドで眠りなさい」

「いいのか、メアリー？　レディの寝室を借りて」

「いいわ。きっと見たこともない夢を見られるわよ。神の国にきて最初に眠った時だけ、その夢を見られるの」

「そう。それは、ものすごい夢ですよ。地上でいえばガイダンスのようなものです。つまり、神の国のガイダンスですね。――私たちは、ここにいますから休んでください」

と、ヘザーもいった。

健一は、二階へ上がって行った。

最初の部屋は、書斎だった。かなりの冊数の本が本棚にあった。神の国にも本はあるようだ。その奥の部屋が寝室だった。ベッドが置かれている。彼は、寝室のカーテンを閉めた。そしてベッドの上に大の字になった。すると、すぐに心地よく眠りに入った。


夢の中の健一の目の前に、スクリーンのようなものが現れた。何も映っていない。

これは、夢の中の世界だと彼は自覚していた。しかし、現実であるとも自覚していた。極めてリアルだ。

彼は、あっという間に映画館につれてこられたような気がした。

やがて、スクリーンに映像が現れた。先ほど猛スピードで飛ばしてきた、いのちの木に続く白い道だ。

また、エデンから研修所に向かって、上空を飛んで行く感じで映像は動き出した。

だが、ものすごいスピードだ。すぐに研修所を通過した。少しすると、古代遺跡のような群が現れた。しかし、明らかに石の建造物ではない。薄い水色で側面に窓らしきものが見える。人が住んでいるのだろう。

また、湖がいくつもあるところを通過した。その美しさは、地上に匹敵するものがない。まるで宝石の群だ。湖面が、エメラルドやサファイアやトパーズの色だ。

——映像のスピードが急激に上がった。景色は、何も確認できなくなった。

さらにスピードが上がった。スクリーンは、上半分が空の水色、下半分が新緑色の一色で中央に白い線が映っているだけだ。

想像を絶するスピードだ。映像は超高速で動いているので、反対に止まって見える。

健一は、物理学のあの理論が頭を過った。夢の中とはいえ、時間が止まってしまうのではないかと思った。

その時、男の声が彼の耳もとで聞こえてきた。低い声だが、よく響く。

「その理論は、神の国では間違いです」

「えっ！　あなたは、だれですか？」

「そのうちに自己紹介をします。——これから、いのちの木を下って、神の体の中の世界を案内します」

映像に違ったものが映り出した。映像が止まったのだ。そこに見えたのは、巨大な発光体、しかも、その竜巻のようだ。だが、よく見ると銀色の光の柱だった。渦を巻いていない。

しかし、ただの柱ではない。噴水のように、光を四方八方に放射している。最初、竜巻に見えたのは、形が似ているからだ。

高さは、百メートルくらいある。そして噴水とも違うのは、光は下に落ちない。水平に伸びて先端に行くほど光度が落ちている。五百メートルくらい先で消えている。

光の柱の下は、湖だった。形は、やはり円形だ。その中心に光の柱が立っている。光の柱の直径は、十メートルほどだ。

「いのちの木だ」

と、健一はつぶやいた。

いのちの木への道は、湖の淵から出ている。数十本はある。

そして、道に沿って光は放射されている。

これまでエデンから映し出されていた道は、その中の一本だ。

〈あの湖の下が神の体の中の世界だな。それにしても、神の国への入口が池で、今度は湖とは……〉

と、健一が思ったその時、先ほどの男の声が聞こえてきた。

「いのちの木というのは、神と地上に出ている全人類、全生類の魂を結ぶ糸の束なのです。超微細で神的な糸も、束になれば、魂の眼なら確認することができます。

今村さんは、もうおわかりだと思いますが、この湖の下が神の体の中です。心臓部分に通じているのです」

「……神の体は、人類とは全く違いますね？」

「神の体の中の血管は通路で、臓器が各々の世界なのです」

「神の体内にいる人類たちは？」

メアリーに、すでにその答えを聞いているが。

「神の一役を担っているのです」

「どのような？」

「あらゆる世界の管理や神々の創造などです。では、お見せしましょう」

スクリーンは、光の柱の真上に移った。そして真下に向かって突っ込んで行った。

銀色の光一色になった。だが、すぐに光の柱の中から抜け出した。湖の水面を下って神の体内に入ったようだ。そこには、想像を絶する光景が映し出された。宇宙空間のようでもある。

抜け出した柱は、一本の糸のように伸びて、下方の黄金色の太陽に通じている。さらに太陽から無数の糸が放射状に伸びている。糸も黄金色だ。光の柱だけが銀色だ。

健一は、黄金色の太陽が神の心臓で、糸が体内の通路であると、すぐに閃いた。

空間は、外の色と同じで水色だ。とても明るい。また、太陽、すなわち神の心臓は見ていてもまぶしくない。安らかな光を放っている。

その時、声が聞こえてきた。

「あなたが肉体を離れて入ってきた世界は、神の足の表面部分にあります。そして心臓の真上まで移動して、いのちの木を下り、ここに達したのです。ただし、あなたが移動したのではありません」

「えっ！　エデンは、神の足の表面でしたか」

彼女たちは、それが皆目、わかっていないようだ。

――映像は、一本の糸（通路）に近づいた。さらに中を捉えた。やはり空洞で通路になっている。内部も黄金色だ。

「この通路を神の王国の方に向かえば、そこに行けますね」

「ただし、王国の住人でなければ、その扉は開かれません。住人は、人類としての過程を終えた人たちです。神の体内の中の人類も、まだ向上の過程にあるのです。そして王国の住人となった時、さらに神人《しんじん》としての過程に入るのです。すなわち、さらなる魂の向上です」

「――ん。すべては、魂の向上ですか。でも、無限の向上といえますね」

「そうです。――それから神の体内では、糸によって神とつながる必要がありません。あの湖の水面の下で切断されるのです。その後、神と一体になって、通路の中を通り、各々の世界に至るのです」

映像は、通路の中を移動し始めた。

すると何人かの人たちが、こちらに向かって飛行してきた。そして、向かって右側の壁に消えて行くように見えた。

だが、映像がその場所を映し出した時、右側に別の通路があった。彼らは、そちらに移動して行ったのだ。

映像も、通路の角を曲がりながら移動して行く。

しばらくすると、通路を抜け出た。そこには、広大な世界が広がっていた。

「ここは、あなたがいた地上の世界を管理しているところです」

と、声の主はいった。

どこまでも続く新緑の森林の中に、まばらに三原色の建物がいくつも建っている。

「なぜ、建物が三原色なのですか？」

「人類は、三つの属性に分類されます。属性ごとに、建物の中で神からの役割を担っているのです。赤は、神の愛の象徴です。青は、神の自由と平和の象徴です。黄色は、神の力の象徴なのです」

「なるほど」

「しかし、地上の世界は、それらの属性が反する形で出てしまうところです」

「どのようにですか？」

「赤の属性を持つ者は、憎しみへと。青は、争いへと。黄色は、悪を為《な》す力へと変貌してしまうのです」

「その根本の原因は何ですか？」

「神の幻力《げんりょく》です」

「ゲンリョク？」

「幻の力です」

「ああ、わかりました」

「それは、地上の世界を動かす根元の力の一つなのです。神が地上に置かれたメカニズムです」

「――えーっ！　ということは、悪の根本の原因も幻力によるといえますね。悪も神から出ているということになりませんか？」

「そのとおりです。人類は、神の幻力に惑わされて悪を為すのです。魂を向上させるための世界ですから、試練としてそのように仕組まれているのです。そして、神を求めることのない者たちが、幻力に惑わされるのです」

「ん？　では、神を求める人たちは……」

「惑わされないというより、恩寵が下ります」

「恩寵。すばらしい！　ところで、ここでは地上の世界をどのように管理しているのですか？」

「地上の人類の大多数が、幻力によって変貌しないように管理しているのです。では、あそこの青い建物の中をお見せしましょう」

スクリーンは、青いビルに近づいて行く。十階建てのビルだ。外見は地上の世界のどこにでもあるようなビルに見える。

そして、中を映し出した。さらに、その一室へと入って行く。

室には、パソコンのようなものが数多く並んでいる。それらの画面には、左半分に人の上半身が映し出されている。だが、獣のような姿をしたものも見える。

右半分には、何語だかわからない文字が映し出されている。

声の主は説明する。

「あれは、地上の独裁者たちの意識の変化をチェックしているのです。さらには、魔界の悪魔たちのチェックです。彼らが人々に及ぼす影響は、多大なものがあります」

「独裁者ですか。まるで自由と平和を脅かす者たちのように思えますね」

「彼らが暴走すれば、核戦争をも引き起こすことになるでしょう。それを食い止めねばなりません」

——画面を見ながら管理している人たちの姿が見えた。みな、ビルの色と同じ青い制服を着ている。実に精悍《せいかん》な感じだ。

ある人は、画面を見ながら電話をしている。この一室は、地上にある司令室のようなところだ。

それを見ながら健一はいった。

「地上の世界とかかわりませんね。パソコンや電話など地上にあるものばかりです」

「しかし、経済活動のためにあるのではありません」

「科学は、地上とではどちらが進んでいるのですか？」

「当然、神の国です。地上で発明されるものは、あらかじめこちらで完成させます。それから、科学者たちなどにインスピレーションを送るのです」

「ところで、あの電話をしている人は、だれと話しているのですか？」

「地上に待機する神々たちです。ある独裁者の野望を打ち砕くようにと、取りはからっているのです」

「あれれ？　あそこの画面には、日本の政治家が映っていますね」

「彼も危険人物の一人です。独裁者とかわりません」

——映像はビルを離れた。今度は、森林の中を映し出した。大きな公園が見えてきた。中央には池があり、人々がベンチに座っている。周囲には、様々な花が美しく咲き誇る。公園に隣接して彼らの住居も見える。

健一は、姿なき声の主にいう。

「この世界の人たちには、休日もあるのですね？」

「もちろんです。休日は、あのように神と真理について語り合い、楽しんでいるのです。——神と真理は、同義語であるともいえます」

「楽しんでいる？」

「人類の本来の楽しみとは、それなのですよ」

「……そうですね」

――映像は移動して行った。今度は黄色いビルの一つを映し出した。さらに、その一室を捉えた。

人体の解剖でもやっているかのように見える。寝台の上に裸の男が寝かされている。胴体は、メスか何かで切り開かれている。内臓がむき出しだ。

だが、ほとんど出血していない。というのも、内臓と思われたところの半分はメカだ。

どうやら、ロボット、いやサイボーグだ。三人の技術者らしき人たちが、部品を組み込んでいる最中だ。

その時、姿なき案内人の声がした。

「あれは、神々を製造しているのです。太古の昔は神ご自身がお造りになっていました。やがて、人類にそれを委ねたのです」

「神々というのは、やはりサイボーグでしたか」

「人類の魂の意識に近いものを持った精巧なサイボーグです」

「はい。天使ミカエルさんもそのように」

「しかし、神々たちは最後の審判の時に救われます。人類となって神の国に引き上げられるのです」

「でも、魔界のサタンのように、今製造中の神々も悪魔に変貌してしまう可能性がありませんか？」

「ありません。悪魔にかわらないためのプログラムを組み込んであります。悪魔に立ち向かうための戦士を造っています」

「えっ。では、なぜルシファーなどという堕天使を造ってしまったのですか？」

「地上の世界に悪魔が必要だったのです。善と悪の概念をつくり出すためにです。まあ、必要悪ともいえます」

だが、健一は、たいへんな疑問を感じた。

「必要悪？　それが地上の悲惨さにつながりませんか。神の幻力もそうです」

「具体的には？」

「私の国では、昨今、凶悪犯罪が多発しています。幼い子どもたちが殺されるという悲惨な事件もあります。元凶は必要悪のように思います。そして、そのような子どもたちは、死後どのような運命をたどるのですか？」

「一人の漏れもなく神の国に引き上げられます。すぐに大人に成長します。そして、魂は目覚めるのです。悲惨な生涯を終えた人たちも引き上げられます。ただし、大人の場合は、人生で一度でもよいから、神に思いを向けたことがあるという条件がつきます」

「？」

「悲惨さは十字架なのです。イエス・キリストは、十字架に磔《はりつけ》られて悲惨な最後を遂げました。肉体的にも精神的にもたいへんな苦痛を受けたのです。よって、悲惨な生涯であった人たちは、イエスと同じ体験をしたことになるのです。しかし、自殺者、浮浪者、加害者を恨む者たちなどは、その限りではありません」

「そういうことですか」

——さて、映像は、赤いビルの一室に移った。そこは一見、青いビルの一室と同じように見えた。やはり、画面の前で何人かの人たちが仕事をしている。

声の主は説明する。

「地上の宗教指導者たちを監視しているのです。真理に沿った愛の教えを人々に広めているかどうかです。ややもすると、憎しみの思いを人々に植え付ける指導者が現れる時があります」

「それなら、日本の新興宗教団体の教祖たちなどは、ほとんどが反面教師ですよ。また、昔からの既成の宗教も堕落していますから、それらの代表者たちも疑問ですね」

「いや、ここでは世界的な宗教指導者たちを監視しているのです。宗教と民族の違いによって、やはり世界的規模の戦争が起こりうる可能性があります」

「——ん。宗教は阿片《あへん》だという人がいましたが、もっともです。いっそのこと、対立し合う宗教など一掃してしまったほうがよいと思います」

「それは、できません。神の国への足掛かりとなるのは、宗教以外にないからです」

——やがてスクリーンの映像は戻り始めて、通路に入った。そして、中を猛スピードで移動する。

いくつもの角を曲がりながら、またしても宇宙空間のようなところに出た。最初に神の体内に入った時の空間とは違う。

太陽や惑星が見える。太陽系宇宙か？　だが、手前の空間に四角い箱が浮いている。白い箱で、たくさんのアンテナが付いている。よく見ると、サーチライトのようなものも、いくつか付いている。宇宙空間を映し出しているのだ。太陽系以外の宇宙をも映し出しているようだ。

声の主はいう。

「あの箱のようなものは、地上でいえばコンピュータです。それも超巨大な。ここは、神の脳に当たるところです。あのコンピュータ、すなわち神の脳は、太陽の十倍くらいの大きさがあります」

健一はスケールの大きさに驚いた。

「ここは、あらゆる宇宙を管理するところです。また、神の国のすべてを管理しています。多くの人々が、あの中で働いています」

すると、何かがこちらに近づいてきた。近づくにつれて、それが何であるかがわかった。一言で得体の知れない怪物だ。

顔、すなわち頭が四つある。頭には三角の帽子をかぶっている。顔の表情は、みな違う。手も四本ある。体は、上半身が裸で、下半身に紫色の布を巻いている。

声の主は説明する。

「あれは創造神ブラフマーです。創造神は宇宙の数だけいます。全長は百メートルほどあります。ただし、創造神といっても神の一役を担うくらいのものです。しかし、神の国の住人とはいえません。最後の審判の時まで、その使命を果たします。他の神々とそれは変わりません。また、彼らは地上に出ることもあります」

「神の体の中にも神々はいるのですね？」

「はい」

ブラフマーは、スクリーンに近づくと、健一に会釈をした。健一は何か、ぞっとした気分だ。そして神の脳のほうに向かって、やがて消えて行った。中に入って行ったようだ。

すると今度は、別の神々が近づいてきた。大きな鳥に乗っている。人間の手と足を持った鳥だ。神々は、四角い帽子をかぶっている。頭は一つだが、手はやはり四本ある。体はほとんど裸体で、腰に白い布を巻いているだけだ。腕や首には、黄金のかざりを付けている。顔はとても柔和な表情だ。全長は、ブラフマーと同じくらいありそうだ。

声の主は説明する。

「あれは、太陽系宇宙の活動を維持するヴィシュヌです。宇宙を維持する神々も宇宙の数だけいます」

「やはり、ヒンドゥー教の神々ですね」

「はい。ただし、ヒンドゥー教三大神のうちで破壊神シヴァは、神の国にいません」

ヴィシュヌも、会釈をすると、神の脳のほうに消えていった。ヴィシュヌは、神々の世界の統治者でもあったことを健一は思い出した。

「ヴィシュヌは、神の一万分の一の力を行使することができます」

——スクリーンの映像が動いた。向きをかえて、別の空間を映し出したのだ。

すると、空間に青白く光る二つの光が、水平に距離を置いて並んでいる。とてもまぶしい。直視できない。

「あれは、神の眼です。一つの眼の大きさは、太陽の直径の千倍以上です。新しい宇宙が創造される時、その一部分が太陽となって地上を照らすのです。神の体は拡張を続けていますから、眼も大きくなっていきます。太陽として供給し続けても問題ありません」

「神の眼は太陽の源であり、正に超巨星と呼ぶにふさわしいですね。でも、なぜ、あのような眼が必要なのですか？　太陽の直径の千倍以上だなんて……」

「あらゆる世界の隅々まで照らすためです。すべての闇を貫き、悪魔たちの世界なども一目瞭然《りょうぜん》です。さらに人類、一人一人の心の中を見通す眼です」

神の体の中の機能は、人間とはだいぶ違うようだ。健一は、たいへんな驚異を感じた。言葉もない。

「今村さん。何か質問はありませんか。ないなら、これから神の王国をお見せします」

「あっ、そうだ！　神は何をエネルギーとして活動されているのですか？」

「神にエネルギーなど必要ありません。だから神なのです。ただ、神は人類の魂が向上することを喜ばれて、それが一つの活力であるといえます」

「それと、恥ずかしい質問ですが、よろしいですか……？」

「何なりと」

「私は今、魂の体ですが、生殖器などが付いています。こちらの世界では、必要のないものだと思いますが？」

「あっはっは。そのようなものは、やがて消えてなくなります。それどころか、魂の体の内面は、心臓を残してすべてなくなります」

「えーっ。たとえば脳とかは？」

「なくなります。本来の魂の体になれば、頭で考えず、胸、つまり心臓で考えます。心臓だけは、魂の中枢であり核なのです」

健一は、胸に手を当てた。心臓は魂の体になっても動いている。

「では、今村さん、神の王国へ！」

――目の前の映像は通路の中に入った。一路、神の王国に向かっている。通路は、まるで迷路のように込み入ったところを通過して行く。

しばらくすると、映像の動くスピードが落ちた。そして目の前に壁が現れた。壁には扉が見える。王国へ入るための扉だ。表面は黄金色の光を発しているが、燃えているようにも見える。

と、一瞬のうちに扉が開いた。

扉の先には、王国の住人が立っていた。長い黒髪をなびかせた若い女性だ。言葉で表現できないほど美しい。淡い水色の服を着ているが、イエスのように、全身透き通って見える。彼女が扉を開けてくれたのだ。健一は初めて神人を見て、羨望《せんぼう》の眼差《まなざ》しだ。彼女は一礼すると、あっという間に王国のどこかに去ってしまった。

そして、王国に入って行った。

映像は王国の上空に移り、巨大な神殿の群れを捉えた。どの神殿も宝石や黄金で装飾されて、光り輝いている。道は、金の延べ棒を敷きつめたようなものだ。

また、空の色が少し違う。ブルーに近い水色だ。しかし、これまでのどの世界よりも明るい。すべてが光り輝き、最高の明るさだ。

声の主はいう。

「神殿のように見えるのは、住人たちの家です。地上に匹敵するものはありません」

「しかし、王国は明るい世界ですね。ん？　聖書の『ヨハネの黙示録』にある聖なる都とは、王国のことではないですか。確か、『神の栄光が都を照らし』という記述から始まりますね」

「そのとおりです。ただし、ヨハネが聖書の中で述べているように、王国が地上に下るようなことはありません」

「そうでしょうね。地上は、永遠の世界ではありませんから」

「神の殿堂をお見せしましょう」

映像は、黄金のメインストリートを、神の殿堂に向かって一直線に進む。

やがて巨大な建造物が見えてきた。ヨーロッパあたりの城に似ている。インドのタージ・マハールのようでもある。

だが、その巨大さは、周囲の住人たちの家と比べれば一目瞭然だ。住人たちの家は、ミニチュアの模型のようだ。神の殿堂は、地上でいえば一つの山くらいの大きさがある。

映像は、殿堂の広大ともいえる前庭を捉えた。一面、芝地のように見える。その中に、ぽつりと一人の男が立っていた。映像は男を映し出した。健一は、殿堂の中の王国の住人だと思った。三十歳くらいだろうか？

インド人のようで美男子だ。肌は浅黒く、灰色に近い。髪は長く波打っている。頭には金色のヘアーバンドのようなものを付け、クジャクの羽を立てている。服はすっぽりと黒一色だ。

と、次の瞬間、声の主の正体がわかった。その男だ。男はスクリーンを通して語り出した。

「今村さん。私がこれまでの案内役です」

「あ、あなたは王国の住人でしょうが、だれですか？」

すると、男の口調がかわった。

「私は、万物の本源である。私は、初めであり終わりである」

「え――っ！　あなたは神ですか」

健一は、ついに本源の神に会うことができた。

だが、彼はさほど驚かない様子だ。それというのも、神は思っていたより人間らしい。いや、人間と何らかわらない。それどころか安堵感《あんどかん》さえ覚えた。——それとも、やはり夢の中だからだろうか。

神は告げた。

「私は昔、インドの地に示現した。この姿は、その時のものだ。このマハー・ユガのすべての示現の地はインドなのだ」

「神よ。その御姿が本当のあなたですか？」

「王国の私は、この姿だ。神の国そのものも私の姿だ。また、すべての人類、生類の魂の中にも隣在《りんざい》する。さらには、地上に肉体を持って示現することもある。私は、違った姿で同時に存在する。ある人は、私のことを不変異《ふへんい》と呼ぶ」

「神よ。インドの地に示現された時の名を何とおっしゃいましたか？」

「クリシュナ・ヴァースディヴァと名乗った」

「しかし、ヒンドゥー教でクリシュナ様は、ヴィシュヌ神の八番目の化身とされていますが？」

「多くの者たちは、私のことを神々の化身と思っている。それはヒンドゥー教が、久しい時を経て一神教の概念が失われたからだ」

「それと神よ。あなたの足跡として、地上にバガヴァッド・ギーターという聖典がありますね」

「私は、その聖典の中でヨーガを説いた。ヨーガとは、私との合一を意味する。だが、今の邪悪な地上の世界では、私の説いたヨーガを実践することは不可能だ」

「天使ミカエルさんも不可能だと……？」

「私は、原理原則しか説かないからだ」

「……？」

少し沈黙の時間が流れた。健一は何をいったらよいかわからなくなった。なにしろ相手は神だ。イエスが父と呼んでいた、正に神だ。

そして神は告げた。

「あなたに私の神の国のすべての姿を見せてあげよう。しかし、あなたに真の姿を見ることはできない。なぜなら神性に目覚めていないからだ。神人にならなければ、それが可能とならない。よって、あなたがいた地上のカリ・ユガの相《すがた》を現した私を見ることになる」

「それでも見たいと思います」

「さらば、私の神的ヨーガを見よ！」

神は変身した。すべての天空を飲み込むほどの途方もない姿に。

実に、顔は無数にある。しかも、どの顔も恐ろしげだ。手も足も無数にある。そして胴体の一部に、すべての物質宇宙を抱えている。

と、その時、映像は拡大されて、体の一部分を映し出した。

神の一本の手が、物質宇宙に跋扈《ばっこ》する一匹の悪魔を捕らえた。悪魔は、一つの顔の前に持っていかれた。その顔には、口に鋭いキバがある。神は、怯《おび》える悪魔をキバで突き刺した。

神は、もう一匹、悪魔を捕らえた。今度は、口から火を吐く顔の前に持っていった。悪魔は火だるまになって、あっという間に消滅した。

実に恐ろしい光景だ。そして、神の一つの顔が健一に迫ってきた。なにしろ神だ。スクリーンの外に飛び出してくるかもしれない。夢の中だろうと関係ない。

「もう、けっこうです。神様――っ！」

と、彼は叫んだ。

すると神は、一瞬のうちにもとの姿に戻った。そして告げた。

「私は、すでに地上を帰結するために活動している。すなわち破壊である。よって、先の私の姿は、破壊神シヴァのようでもある。だから、その姿も恐ろしい」

「神よ。ありがとうございました。私は本当に希有な体験をしたと思います。それと神よ。この王国は、あなたの心臓部分ですが、活動しているのですか？」

「人類の心臓とは全く違う。私の殿堂の中にその中枢があり、すべての生類に生成エネルギーを放出するのみである」

「わかりました」

「では、あなたを魂の体の眠りから目覚めさせよう」

スクリーンの映像が消えた。

「あっ、神様ーっ！」

と、彼は叫んだ直後、目が覚めた。

肉体の眠りから覚めた時の感覚とは、まるで違った。生まれかわったような気がする。しかも、魂の体とは、寝汗すらかかない。

健一は、起きて一階に降りて行った。

「地上の時間でいえば、一時間くらい眠ったかな。あれ、ヘザーさんは？」

「ついさっき家に帰ったわ。ところで、夢はどうだった？」

「いゃあー、神の体の中の世界を見てきたよ。あれは、夢でもすべて現実なんだね」

「感想は？」

「一言ではいい切れない。なんというか、すべてを超越したレベルにある」

彼はメアリーに話して聞かせた。

「でも、ヘザーさんも夢の中で神に会ったなんていってなかったわ」

「えっ、そうなの。私って特別かなぁ？」

「ん、あなたには、神からの何か使命があるのかもしれないわ」

「こんな私に？」

「まあ、いいわ。これから、あなたの住む家に案内するわ」

家を出ると、健一はメアリーに手を引かれて彼の家に向かった。

約十五分くらいで家の前に着いた。その家の外見は何と教会だった。だが、健一は納得した様子だ。

それというのは、彼の地上での前世は牧師だった。メアリーは、彼の教会のメンバーだった。

――健一の遠い記憶は少しずつ蘇《よみがえ》る。

さらに、その前の前世も彼は牧師だった。ヘザーが彼の教会のメンバーだった。では、なぜ健一は、彼女たちより神の国への帰還が遅れたのかという疑問が残る。その答えは、本人が一番よく知っている。知識だけの牧師だったからだ。

彼は家の中に入った。中の造りは彼女たちの家と何もかわらない。二階に上がると、やはり書斎があった。彼の書斎にもかなりの本がある。それが何なのか、今の彼にはわかる。地上の輪廻転生の記録だ。悪い表現をすれば、閻魔帳ともいえる。

千冊以上はあるだろうか。地上学校の初等部を卒業するのは、やはり容易でない。

その時、彼の胸の中からメアリーの声がした。彼女は、二階に上がらず、すぐに帰ったのだ。

「明日から、あなたも研修生よ。午前九時から午後の四時までね。それに週に二日は休みよ」

「あれ？　明日からって、今は今日の何時なの？」

「一階に柱時計があるから確認しなさい。――今は、午後の九時半ね。それから、家にいる時は自主学習をすること。学習材料は、あなたがいる書斎の本よ」

「わかった。ありがとう」

「じゃあ、明日、ヘザーさんといっしょに迎えに行くわ」

──神の国では、ケイタイなど必要なしだ。心の中で会話ができる。相手に意識を集中するだけでいい。

健一は、メアリーが彼女の家の一階で話しているのがわかった。というのは、胸の中で彼女の声がした時、とっさに目を閉じた。魂の体の本能とでもいうべきだ。目をつぶれば、まぶたの内側にその姿が映る。

そして彼は、つぶやいた。

「何だ。研修生は、学生の生活と同じように思えるよ……」

それから研修生の生活が続くのであった。

使命を果たす

健一の神の国での生活も三ヵ月目に入った。その間、地上では約十年の年月が経過していた。地上はとにかく時間の流れが一番早いところだ。霊界などよりもはるかに早い。

それゆえ、一日一日を大切に生きなければならない。

また、生前の健一の足跡も仏壇の位牌くらいしかなくなった。

位牌には、彼の戒名が記されている。が、しかし、神の国の健一は自分の戒名など何も知らない。

さて、彼は神の国の生活に慣れてきた。研修所では三人の友人もできた。

また、地上の生活と一番違うのは、何よりも自由だということだ。その自由とは、やはり組織に一切、拘束されていないことに尽きる。

家の近所の人たちとも、自然なかたちで接することができる。神の国では、すべての人類が、いつも手をつないで生活しているようなものだ。憎しみ、うそ、怒り、そねみなど存在しないのは当然だ。

それというのも、こちらの世界では、思うこと考えることが隣人に筒抜けだからだ。ありのままの自分をさらけ出すだけだ。

よって、地上の自由とは意味合いが違う。

地上などは、全く反対のことがいえる。人間同士うまくいかないから、組織の集合体なのだ。家族はともあれ、地域社会から一国に至るまで、みな組織だ。

——健一は、約一ヵ月前から日課としていることがある。それは祈りだ。当然、主の祈りだ。

彼は、家の一階に祭壇を創造した。もっとも外見は教会なのだから、あって当然だ。

しかし、祭壇といっても、イエスの肖像画が西側の壁に飾ってあるだけだ。

そして研修所から帰ると、イエスの肖像画に向かって祈る。

だが、主の祈りも神の国で強制されているわけではない。それというのは、生前、キリスト教でなかった人たちもたくさんいるからだ。

——そんなある日、実に驚くべきことが起きた。いや、驚異的現象というべきだ。

時間でいえば、夜の九時ころだ。健一が二階から降りてきて、家の玄関のドアのところを見た時だ。

何と、何の前触れもなく、イエスが立っているではないか。

彼は駆け寄ると、思わずひざまずいた。

イエスを見るのは、研修所での講演会以来だ。その姿は、あの時のままだ。

「今村さん、立ちなさい」

「は、はい！」

彼は立ち上がって、イエスの顔を見た。後光の光によって輝いている。

イエスは告げた。

「あなたに父（神）からの使命が下りました。メアリーさんといっしょに果たしてくれませんか。決断するのは、あなた次第です。神の国に強制はありません」

「はい。わかりました」

健一は二つ返事だ。

「二人で太陽系以外の別宇宙に行って、そこの惑星を改革してもらいたいのです。太陽系よりずっと後に出来た宇宙の惑星で、原始的なところです。そこの人類には、いまだにすべてを包含した神の概念すらありません」

「改革ですか……？　どのようなことをすればよいのですか？」

「神の国の絶対真理を人類に伝えてください」

「――その惑星に宗教はあるのですか？」

「宗教といえるものではなく、邪教がはびこっています。自然物を全知全能の神と崇《あが》め、いけにえを供えたりと。

ですから、惑星を改革することは、人類を改革することなのです」

「は、はい。――でも、私たちが地上の惑星に下るということは、また肉体を持たなければならないのですか？」

「いいえ。魂の体のままです。そして、神の国の時間の流れは緩やかですから、研修の休みの日を使って十分可能な範囲のことです」

「──すみません。よくわかりません」

「詳細は、すでにメアリーさんに伝えてあります。もう少しで彼女がここに来ますから、よく聞いてください。では、お願いします」

というと、イエスは一瞬のうちに消えた。

「あっ、イエス様！」

と、健一は呼んだが、もう遅い。

それから彼は、一階の廊下を行ったりきたりだ。イエスのいった神からの使命について、思いをめぐらしている。

地上の別宇宙に魂の体のままで行くとは、どういうことか。しかも、研修の休みの日を使って。さっぱりわからない。

その時だ。

「トントン」

玄関のドアをノックする音がする。

「健一ーっ」

「ああ、メアリー。入ってよ」

彼女は、ドアを開けて入ってきた。神の国では、玄関に鍵《かぎ》をかけている家など一軒もない。まあ、当然のことだ。

彼の、ソファーとテーブルのある部屋に彼女を通した。

彼女は、西側の壁にかけてあるイエスの肖像画に一礼してからソファーに座った。つまり、健一の祭壇の前で礼拝をしたのだ。

さすがだ。

「メアリー。君のところにイエス様が来られただろう」

「そう。神からの使命について、三十分くらいお話を聞いたわ。その後、ここに来られたでしょう」

「ん。でも、意味がさっぱりわからない」

「そうね。私もわかったようで、わからない感じ」

「えっ、何だいそれ？」

「神の国の宇宙船で別宇宙に行くのよ」

健一は、首をかしげて、少しの間、考えた。

「でも、地上の人類に私たちを確認することはできないだろう。それに、こちらの宇宙船も彼らに見えるのかい？」

「いや、地球人も極めて少数の人たちは見ているらしいわ。未確認飛行物体よ」

「そ、そうなんだ。神の国からきていたんだ」

「神の国の宇宙船は、地上の物質構成要素と全く違うから、何の痕跡《こんせき》も残さないわけね。だから、そのようなものは存在しないと一般的には思われているのよ」

「――私たちの姿は？」

「特殊な宇宙服を着れば見えるそうよ」

「なるほど。あれ？　宇宙人を見たなんて人が希にいるけど、神の国の人を見たんじゃないのか」

「そうね。そもそも宇宙人なんて存在しないわ。宇宙には壁があるのよ。別宇宙には絶対に行けないわ。地上にいる時、ニューヨークの大学の宇宙物理学の講義でそう教わったわ」

「ん。ところで、宇宙船とかはどこにあるの？」

「研修所の裏の空き地に置いてあるそうよ。今日の夕方の五時ころ完成して、そこに置いたらしいの」

「それで、だれが操縦するの？」

「あなたよ」

「そ、そんな……？　飛行機だって操縦したことがないんだよ。操縦というより車の運転ができるくらいだ」

「それでいいそうよ。オートマチック車を運転できれば、だれにでも操縦できるらしいの。そのように宇宙船はできているらしいわ。私は車を運転したことがないからダメね。そもそもライセンスがなかったわ」

「操縦は、だれが教えてくれるの？」

「ミスター・タナカという人が明日から教えてくれるわ。でも、意識を集中しても、彼の正体が不明なの。神の国のどこに住んでいるのかしら？」

「タナカさん……日本人だね。宇宙船もその人がつくったの？」

「いや、十人以上の技師たちによって完成させたらしいわ」

健一。とにかく私たちは、明日の研修終了後、空き地に行くようにイエス様にいわれたの」

「ん、わかった。その先の詳しいことも、それからだね」

「そういうこと。じゃあ、私はこれで帰るわ」

健一は一息ついた。とにかく明日になってみなければわからない。今は不安な気持ちと期待感のようなものが交錯する。

——次の日の研修終了後、彼らは早速、研修所の裏の空き地に行った。

だが、宇宙船など、どこにもない。

と、その時、上空から黒い球が降りてきた。何の音もしないので、いきなり目の前に現れた感じだ。

宇宙船の登場だ。

五メートルくらいの上空に停止した。すると、着陸のための四本の脚が出てきて、ゆっくりと着陸した。

宇宙船は、直径十メートルくらいの球だ。円形の二つの小さな窓が上部に付いている。窓のあるところが、宇宙船の前方なのだろう。

また、アンテナと思われるものが、側面から上方に伸びている。数本ほど見える。

そして、ハッチ、いや出入口の扉というべきだろうか、それが側面から開いて、地に降りた。

中から日本人と思われる青年が出てきた。田中だ。

やや小柄でやせているが、顔は知的で精悍《せいかん》な感じだ。髪は短く、七三に分けている。

服は、上下つなぎのエンジニアが着るものを身に付けている。服の色は、宇宙船と同じで黒だ。つや消しの黒だ。

「今村さんとメアリーさんですね。はじめまして、田中です」

と、彼は頭を下げてあいさつをした。

「はじめまして、今村です。どうぞよろしくお願いします」

「はじめまして、メアリーです」

田中は二人のところにくると、早速、宇宙船に乗るように指示した。二人は、田中の後について乗り込んだ。

「ああ、意外と広いですね」

健一の第一声だ。

半球の船内だ。天井の高さは、三メートルくらいある。

窓のある前方には、操縦席が二つ並んでいた。向かって右側が、実際の操縦者である健一の座席だ。ハンドルが付いている。そしてメーターが並んでいる。また、二つの座席の間にはレバーが見える。

メアリーは、オートマチックの車を運転できれば問題ないといっていた。地上の車の運転技術で可能なように設計されているのだ。つまり、操縦方法を車の運転とほぼ同じようにしてあるのだろう。

また、操縦席の後ろにも、座席が三つずつ二列に並んでいる。その後ろには、少しのスペースがある。左右にもだ。

だが、こんなもので別宇宙などに行けるものかと、健一は大いに疑問だ。

その時、田中は彼の心を読み取って、ほほ笑みながらいう。

「今村さん。この宇宙船は物質宇宙では万能の力を持っています。また、操縦は簡単ですが、簡単にすればするほど、メカニズムは反対に複雑になるものです」

「あっ、そうですか」

わかったような、わからないような顔をして健一は答えた。メアリーは、納得した様子だ。

「まあ、とにかく二人とも操縦席に座ってください。私は、後ろの座席に座ります」

彼らは、いわれるままに座った。たいへん座り心地のよい座席だ。健一は、スポーツカーなどに付いているバケットシートと同じだと思った。

だが――。

「田中さん。シートベルトがありませんね？」

と、健一はいった。当然だ。これは車どころか宇宙船なのだから。

田中は説明する。

「シートベルトなど必要ありません。この宇宙船は、反重力場光子宇宙船です。よって、船が傾こうと、上下逆さになろうと、船内には常に一定の重力が保たれています。ですから、宇宙船がどのような状態になっても座席から放り出されることは絶対にありません」

「反重力場ですか？　さっぱりわかりません」

健一は頭をひねって答えた。

だが、メアリーはうなずいた。物理学を学んだことのある彼女は、やはり閃くようだ。

「わからなくても全く問題ありません。今村さんは、まず操縦を覚えていただければそれでよいのです。また、この船は故障することがありません。安全性に関しては、パーフェクトです」

「でも、私たちに安全性とかは関係ないのではないですか？　魂の体はどこに行っても不死身ですよね」

と、メアリーがいった。

「あはは、それもそうですね。私も、いまだに地上での癖が残っているので……」

田中は、頭に何度か手をやって、てれかくしだ。

健一は、ハンドルに手をやったり、メーターを見たりした。

「では、操縦の練習を開始します。今村さん、キイをひねってエンジンをかけてください」

キイは、車と同じようにハンドルの右側にあった。彼は早速、エンジンをかけてみた。だが、音や振動は全くしない。ただ、目線の位置にあるメーターパネルの中心に付いている小さな警告灯のようなものが赤く光った。

「ああ、それが赤の状態の時、エンジンがかかっているのです。また、キイを戻さない限り、どのようなことがあってもエンジンは止まりません」

「つまり、自動車のようにエンストしないということですか？」

「そのとおりです。では、離陸をします。今村さん、左側のレバーをPからDにしてください」

「はい。あはっ、これは全くオートマチック車と同じですね。でも、動きませんよ」

「そのレバーのすぐ内側にある、丸いノブのレバーを後ろに倒してください」

健一がレバーを倒すと、ゆっくり宇宙船は浮上した。直後、着陸用の脚は船内に引っ込んだ。

「アクセルをゆっくりと踏んでください」

だが、健一は緊張ぎみで、アクセルを踏みすぎた。

宇宙船は急上昇した。あっという間に円形の窓から見える視界が水色一色になった。彼は、あわててアクセルから足を離した。

「うふっ。今村さん、リラックスしてください」

と、田中はいうと、立ち上がった。そして、現代の車のカーナビの位置にあるモニターのスイッチを入れた。

モニターには新緑色の一色が映し出された。

「このモニターは、宇宙船の下の景色を見るためのものです。上空の景色は、その上に付いているモニターです。

左右の景色は、お二人の座席の横に付いているモニターです。前方を見るのは、二つの窓だけです。後方は、バックミラーの位置にある小さなモニターです。モニターのスイッチは、すべてオンにしましょう」

船内は、前後左右の確認ができるようになった。それと上下の確認だ。

「し、しかし、田中さん。私のアクセルの一ふかしで、宇宙船はどれくらい上昇したのですか？下の景色は新緑色だけで何も確認できませんが……」

「一万二千メートルです」

「え――っ！」

「右側のメーターに、そう表示されているでしょう」

「あっ、ほんとだ。――こ、この船の最高速度はいったい？」

「光の速度に達します」

「……」

「秒速三十万キロメートルよ。一秒間に地球を約七周半するスピードね」

と、メアリーがいった。

「では、今村さん、丸いノブのレバーをもとの位置に戻してください」

レバーは、カチッという感じの手ごたえで、垂直に立った。

「その位置がニュートラルです。前に倒すと船は下降します。今、船は上空に停止しています。その状態でアクセルを踏むと船は直進します。船を後進させる時は、車のオートマチックトランスミッションと同じです。レバーをRの位置にします。

今村さん、何か質問は？」

「この船は、地上の物理学でいえば絶対速度が出ますよね。誤ってさっきのようにアクセルを踏み過ぎて何かに衝突したら、木っ端微塵《みじん》でしょう？」

「その心配はご無用です。先にもいいましたが、安全性はパーフェクトです。船を保護するバリアがあります。そのスイッチはこれです」

田中は、メーターパネルのスナップスイッチの一つをオンにした。

「これで、この船は外から見ると光って見えます。では、いのちの木まで一っ飛びしてみましょう。方角は、パネルにある方向盤で確認できます」

方向盤？　実に簡素なものだ。地上によくある十文字のそれだ。

「まず、丸いノブのレバーを半分くらい前に倒してください。約四十五度くらいの角度で船を下降させます。これでは、下の景色がさっぱりわかりません」

健一は、田中の指示どおり操縦を開始した。ハンドルを握り、船を西の方角に向けアクセルをほんの少し踏んだ。

やがて、下の景色が見えてきた。いのちの木に続く道が確認できる。その時、丸いノブのレバーをニュートラルに戻した。船は水平飛行の状態になった。

健一はアクセルの踏み加減を、モニターで下の景色を見ながら確かめた。その結果、人が歩くようなスピードで飛行することも可能だとわかった。

ものすごい宇宙船だ。こんなものは、地上では絶対につくり出すことができない。

そうこうしているうちに、いのちの木が見えてきた。夢の中で見たものと全くかわらない。

メアリーは、「おお神よ」と、つぶやいた。

少しの間、船を停止させて、三人はいのちの木を眺めていた。

「では、研修所に戻りましょう」

と、田中はいった。

帰りは、左右のハンドル操作と、上昇、下降の練習をした。

そして、わずかの時間で研修所に着いた。

着陸は、垂直にゆっくりと下降し、自動的に四本の脚が出て、空地に降り立った。

「初の練習にしては、かなりいいですよ。今村さん、御苦労さまでした」

「田中さん、ありがとうございました。明日もよろしくお願いします」

「はい。約一ヵ月ほど操縦の練習をしてもらいます。その後は、別宇宙へ行くための準備段階に入ります。

あっ、それから念のために、メアリーさんにも、少し操縦の練習をしてもらいます」

「えっ、私もですか？」

「だいじょうぶだよ。車の運転より簡単だ」

健一は、もう操縦に慣れたようで自信たっぷりの表情をしていった。


かくして、一ヵ月ほどの操縦練習は、無事に終了した。

練習中は、いのちの木の先にも行った。エデンと同じような都がいくつもあった。また、動物たちの楽園もあった。一部の動物たちは、神の国に引き上げられることがわかった。

さらに、五万メートル上空には、メアリーがいっていた壁があった。宇宙船のバリアが触れて停止した。

それから、メアリーも一応は操縦ができるようになった。これで宇宙船の操縦に関しては完璧《かんぺき》になった。これからは、別宇宙に行くための次の準備段階に入る。

操縦練習を終えて二日目のことだ。研修終了後、二人は田中に連れられて、四階にある会議室に行った。中に入ると、テーブルの上に宇宙服が二着置かれていた。それとヘルメットだ。どちらも色は銀色だ。

ヘルメットは、両眼の部分だけサングラスのようなもので開いている。それと口の部分には、点々と穴が見える。

「ヘルメットは、地上に出る時に必ず着用してください。ヘルメットなしでは、頭のない人間にしか見えません。とにかく魂の体は、地上の人類には見えません」

「でも、脅かすのには、それが一番よいのではないでしょうか？　意識未開で邪教を崇拝している人類だと聞いています」

と、メアリーはいった。

田中は笑い出した。

「あっはっは！　それもいいですね。――あなたがたにおまかせしますよ」

「ところで田中さん。私たちは、どういう宇宙に行くのですか？」

と、健一が質問した。

「ギロンという宇宙に行ってもらいます」

「ギ・ロ・ン」

二人は、同時につぶやいた。

実に言葉の響きがよくない。一文字増えれば、ギロチンだ。

だが、田中はいう。

「神に仕えるものという意味で、その宇宙の惑星の名でもあります」

「神ですか？……神の概念のない人類が住んでいるとお聞きしていますが」

と、今度はメアリーが質問した。

「彼らの神とは、その惑星の太陽のことなのです。しかし、太陽を司る太陽神は堕落して悪魔と化しています」

二人は、納得した様子だ。

「これから一週間は、この会議室でギロンについて、お二人に私から説明します」

「文明のレベルは、地球よりかなり後れているのでしょう？」

「今村さん。その質問は的を射ていません。文明という言葉は、あいまいです。物質文明と精神文明とに分けて考えるべきです」

「ああ、なるほど……。では、物質文明のほうは？」

「地球でいえば一九〇〇年代前半くらいのものですかね」

「えっ！　私は原始時代のようなものを想像していましたよ」

「精神文明では、正に原始時代です。よって、彼らは惑星を破壊することもあり得るのです。すでに核爆弾を持っています。それで、お二人に――」

「あれ？　地球でも一九〇〇年代前半に核爆弾をつくってしまったのでしたね」

「メアリーさんのおっしゃるとおりです。物質文明の暴走は、兵器開発からです。ギロンでは、小規模な核戦争がすでに起きています。人類は、精神文明が先行しないといけません。精神文明こそが本当の文明です」

――それから一週間、二人はギロンについて、惑星の環境、そこの人類について田中から説明を聞いた。研修終了後、約一時間くらいだ。

ギロン宇宙は太陽系の隣にある。惑星は地球の直径の約半分だ。よって重力は、低い。

その結果、人類は、大人になると背丈が二メートル五十センチくらいになる。草木もやたらと上に伸びる。また、重力の関係から空気も希薄だ。

ギロンの人類は、地球の人類よりも後に誕生したが、物質文明が先行しているのも、やはり重力の関係だ。

重力が少ないから体にかかる負担が少ない。よって脳が発達している。外見は、頭デッカチなのだ。反面、体の筋肉は未発達だ。体は、皆、ほっそりとしている。体力は、小学校高学年の生徒くらいだ。

――陸と海の割合は、地球とほとんど同じだ。だが、陸は平地が多く、惑星の人口は二十億に達する。

国々は、約四十ヵ国に分かれる。地球と同じように、民族の違いによって分かれている。人類は、太陽を神として崇拝するのみだ。

が、しかし、民族の違いによって争いの絶えない惑星だ。肌の色の違いとか、顔つきが少し違うとか、くだらない理由によってだ。

地球の人類も、いまだにそこを超えていないといえよう。地球もギロンも地上学校の初等部であることには、変わりがない。

惑星の産業も地球と同じようだ。農林水産業、商工業などが主な産業だ。ただ、漁業はたいへん危険を伴う仕事だ。またもや重力の関係によってだ。ギロンの波は、地球では津波に等しいからだ。いや、大津波だ。

ギロンで一番問題なのは、悪魔と化した太陽神バウルだ。人類に悪影響を与え続けている。悪魔を神々に戻すことは、地上では不可能だ。だが、神の国の二人が行って、バウルを何とかするらしい。

ギロンに向けて出発の日がきた。朝の九時ちょうどだ。研修は、今日と明日の二連休だ。

田中とヘザーが研修所の裏の空き地に見送りにきた。

「メアリーさん、健一さん、がんばってください」

と、ヘザーが励ましの言葉を送った。そして両手を振った。二人も、同じように手を振って答えた。もう、宇宙服姿だ。

二人が宇宙船に乗り込むと、田中も船内に入ってきた。

「今村さん。操縦席の天井近くを見てください。モニターを新たに設置しました」

田中は、指を差していった。

それは、他のモニターの三倍くらい大きなものだ。左右には、スピーカーと思われるものが付いている。また、よく見ると、モニターの真上には監視カメラも付いている。カメラは、操縦席のほうを向いている。

健一は、モニターが何であるか、おおよそ察しがついた。

「私たちは、研修所の管制室からお二人を見守っています。天井近くのモニターに私が映ります。モニターを通して、私と会話ができます」

「田中さん。それは心強いですわ」

と、メアリーがいった。

「魂同士の以心伝心と、さらにモニターがあれば完璧です。私が管制室に着いたら出発です。では！」

田中は急いで船を出た。そして約十分くらいで、モニターに田中が映った。

「今村さん、出発してください」

健一は、キイをひねってエンジンをかけると、ゆっくり浮上した。

だが――。

「田中さん。そういえば、どうやって別宇宙に行くのか教わっていませんよ」

「あっ、そうだわ」

二人は、肝心なことを教わっていないと気づいた。

「いや、そのために、このモニターを設置したのです。お二人には、こちらから指示を与えます。今村さん。地上への入口である、あの小さな池に向かってください」

――それこそ、あっという間に着いた。が、しかし、船は池より大きい。

「ハンドルの右側の小さなパネルにある、黄色いスナップスイッチをオンにしてください」

健一は、指示どおりオンにした。

すると、一瞬のうちに船内のものが消えて行くような状態になった。そして、二人とも自分の体が消えていく感じを覚えた。

約数秒その感覚が続き、そして止まった。

「そのスイッチは、船ごと、お二人を十分の一の大きさに縮小する機能を作動させるものです」

「え――っ！」

彼らは、同時に驚きの声を上げた。

「船の直径は、約一メートルになりました。池は七メートルほどありますから、池に向かって垂直に降下してください」

そして、池の中に入ったと思う間もなく、宇宙空間に出た。

「スナップスイッチをオフにしてください」

今度は、目の前に何かが出現するような感覚を二人は覚えた。もとの大きさに戻った。

「太陽系宇宙です」

「懐かしいわね。──あっ、北極星が光り輝いているわ」

「ん、そうだねメアリー。また、太陽系に来れるとは思ってもみなかった」

「今村さん。方向盤の東に向けてハンドルを切ってください。そしてアクセル全開です」

と、次なる田中の指示だ。

健一は、思い切り床までアクセルを踏みつけた。

「ハンドルの左下にあるレバーを引いてください。アクセルにロックがかかります」

宇宙船は、絶対速度に達した。窓やモニターには何も映らない。暗黒の空間だけだ。

約三十分くらい、その状態が続いた。

「これから宇宙間の壁を越えます。船には何の衝撃もかかりませんから安心してください」

すると、緑色の光の帯のようなものが通り過ぎるのが見える。宇宙空間とは違う別空間に入ったようだ。

健一もメアリーも、宇宙間の壁というからには、硬いものをイメージしていた。が、しかし、実態は違った。神の絡繰りは、実に謎《なぞ》に包まれていてわからない。

「今村さん、アクセルのロックを解除してください」

やがて船は停止した。そこには、別宇宙が広がっていた。

「手前に見える星々は、太陽系同様、半物質宇宙の惑星ですね？　つまり、死後の霊界の惑星ですね」

と、健一はモニターの田中に聞いた。

「そうです。しかし、惑星群の間を迂回する必要はありません。方向盤の南の方角に向けて直進してください」

「えっ！　それでは船が衝突してしまいますよ？」

「だいじょうぶです。船は惑星の中を通り抜けて行きます。半物質など、神の国の構成要素でできた船にとっては、霧のようなものです」

そして、船は直進して行った。だが、惑星の中を通り抜ける時は一瞬、闇に包まれる。しかし、船には照明があり、二人が恐怖感を抱くようなこともない。

やがて物質宇宙に出た。ギロン宇宙だ。太陽が確認できる。そして、外惑星のそばを通過した。外惑星は、やはり表面が気体の巨大惑星だ。

――惑星ギロンが見えてきた。地球とそっくりだが、惑星の色がくすんだ青さだ。

宇宙船は、あっという間に大気圏に突っ込んだ。そして指示された位置の上空一万メートルに停止した。

モニターは、地表の様子を拡大して映し出した。

「地球の都市部のようだ。ビルがたくさん見える。いや、高い建物が多いだけのようにも見える」

と、健一はつぶやいた。

「火山が少ないことにより、地震がほとんどありません。ですから建物は積み上げられて、ビルのようになります」

と、田中は答えた。

「これからどうします、田中さん？」

「では、今村さん、そのまま降下して、ビルの間に見えるピラミッドの上空、百メートルに停止してください」

――ピラミッドといっても、地球のものとは違う。形だけがそっくりで、普通の建造物の変形といったところだ。

「あっ！　何よあれ？　ピラミッドの頂上の平らなところにミイラが鎖でつながれているわ。仰向《あおむ》けに寝かされて――」

「あれは、いけにえです」

と、田中はメアリーに答えた。

その時、戦闘機に似た飛行物体がどこからともなくやってきた。そしてミサイル攻撃だ。飛行物体は、三機いる。地球の飛行機とは違う。何も噴射していない。

だが、神の国のバリアに守られた宇宙船は、びくともしない。

「ギロンの飛行物体、いや、飛行機は、地球と動力源が違います。その点に関しては、こちらのほうが進んでいます」

と、田中は説明して次の指示だ。

「お二人で宇宙船から降りて、このピラミッドにいるカイザーという国王を説得してください。この国は、カンタレという一番大きな国です」

「でも、外に出ればミサイル攻撃を？」

「大丈夫です、メアリーさん。腰のベルトに付いている小さなボックスの赤のボタンを押してください。お二人の体もバリアに包まれます」

二人は、同時に赤ボタンを押した。だが、バリアの光は、彼らにはかすかな光としてしか見えない。しかし、今は指示を与えてくれる田中に絶対の信頼をおいている。

「それから、船の後ろのスペースに一メートルくらいのボックスがあります。今村さん、上にふたがありますから開けてください。中に黒いカバーの本が入っています」

ボックスの中には、四六判サイズくらいの本が何十冊か入っていた。表紙の文字や厚さは、みな違う。ただ、通し番号が表紙の右上に記されている。アラビア数字だ。

「1の本を持って行って、国王に渡してください」

1の本は、彼の手前に平積みされた束の一番上にあった。早速、取り上げてページをめくってみた。

だが、何語だかさっぱりわからない。

「それは、この惑星の聖書です。国々の言葉で書かれています。初めのページには、神の国から御使いがきたと記されています。そして以下は、永遠の真理が記されています」と田中がモニターを通していった。

「神の国の御使いとは、私たちですか？」

「メアリーさん。そのとおりです」

「でも、私のような者が……」

「神の国の住者なら、だれでも神の御使いです」

「はい」

二人は船外に出て、空中を飛行してピラミッドの入口に向かった。途中、何発もミサイル攻撃を受けたが、衝撃すら感じない。

聖書は健一が持っているが、彼は胸にかかえている。つまり、バリアの中にある。

そして、五メートルくらいある観音開きの入口の前に彼らは降り立った。

「どうするメアリー？」

「大声で国王のカイザーを呼ぶしかないわね」

「そうか。カイザー！　出てきなさい！」

健一は大声を出した。

——魂の体とは、やはりすごい。彼の声は、このカンタレという国の言葉になって発せられた。健一には、その自覚がないが。

また、わけのわからないこの国の言葉も、健一たちには、地上にいた時の言葉で通じる。

「ガラガラ、ガラガラ〜ッ」

入口がゆっくりと開いた。

そこに大男が三人立っていた。真ん中の男がカイザーのようだ。頭以外には、赤の衣をスッポリだ。手は出ているが。頭には、ピエロが被るような金色の帽子を被っている。その帽子がこちらでは、王冠なのかもしれない。

頭は、やはり大きい。目も大きい。瞳《ひとみ》は灰色だ。肌の色は、白に近い。

また、髪の毛はない。さらに体はやせている。地球人からすれば、ガリガリの体だ。手足の長さは、胴体に対してバランスはよい。両側の二人の男が、上下とも黒の肌に密着する服を身に付けているので、それがわかる。

「おまえたちは何者だ。全身、光っている。宇宙人か?」

と、カイザーがいった。やや、甲高い声だ。

そしてメアリーが答える。

「私たちは、本当の神の国からきた者です。あなたたちは、あの太陽を唯一の神として崇拝していますが、大間違いです」

「な、なんだと。太陽があるから我々は生きていられる。太陽こそが神だ。——どこに神がいるという事なんだ？」

カイザーは、眉間《みけん》にしわをつくっていった。

「あの太陽に光を与えているのが神です。この惑星を自転公転させているのも神です。太陽の力ではありません。

そしてカイザー、あなたの心臓を動かしているのは、私たちの神です」

と、メアリーはいった。

だが、カイザーは聞く耳を持たない。

「見えない神を信じるわけにはいかない。何か証拠を見せろ！」

その時だ。健一の胸の中から田中の声が聞こえてきた。

「二人とも一時、船に戻ってください。愚かな国王に証拠を見せてあげましょう」

彼は、メアリーに小声でそのことを伝えた。

「カイザー、その証拠を見せてやる！」

激しい口調で健一はいった。

二人は、船に向かって飛び立った。

「逃げるのか！」

「そうではない。よーく見ていろ！」

またもや激しい口調だ。

――船内に戻った二人に、田中は指示を与える。何と、この惑星の人類の神である太陽を一時的に暗くするというのだ。

「メアリーさん。助手席のすぐ右側にある、車でいえばハンドブレーキのようなレバーを上に上げてください」

「ハンドブレーキ？」

彼女は車のことはさっぱりだ。健一がそれを確認した。

そして彼女がレバーを上げた。すると、船の真上、すなわち球の中心から直径三十センチくらいの円柱が出てきた。

その円柱の長さは、二メートルくらいある。

と、次の瞬間、その柱の半分が直角に折れた。折れた円柱の先端には、レンズのようなものが付いている。

「メアリーさん、次は、目の前に見える青いスナップスイッチをオンにしてください」

彼女がスイッチをオンにすると、助手席の操作パネルの一部分が開いて、照準器が出てきた。

彼女は、照準器をのぞいた。方向盤と同じような十字の線が見えた。

「照準を合わせてください。太陽を十字の中心に持っていけばよいのです」

照準器には、照準を合わせるための四つのボタンがある。彼女にも簡単に操作できた。

「では、青いスナップスイッチの真上にある黄色のボタンを押してください」

彼女のカウントダウンで、ボタンは押された。

「キィーーーン！」

ジェット機の、あの耳をつんざくような音がした。

と、同時にものすごい閃光《せんこう》、いや光線が太陽に向かって一直線に発射された。その光で宇宙船の半径百メートルくらいは、目を開けていられないほどだ。船内からも、それが確認できる。

カイザーたちは、恐れおののき、目に手を当てて地に身を伏せた。だが、彼らにとっての本当の大恐怖はこれからだ。

光線は約十分くらい発射された。メアリーは、もう一度、黄色いボタンを押して止めた。すべて田中の指示だ。

そして数分すると、天変地異などはるかに超えた現象が起きた。太陽は少しずつ輝きを失い、暗くなっていく。みるみるうちに夕焼けくらいの明るさになった。

「か、神よ！　どうなされた！」

カイザーは、外に出て赤い太陽に向かって叫んだ。

その時、健一とメアリーは、宇宙船から降りてきた。発狂直前の状態にある国王カイザーを、何とか説得しなければならない。

メアリーはいう。

「これでわかったでしょう。太陽は神ではありません。私たちの宇宙船の攻撃で弱ってしまうようなものは、単なる物質と変わりません」

「我々の神、いや太陽はどうなるのだ？……どうなるのですか」

「あと三十分くらいでもとに戻ります。輝きを取り戻します」

カイザーは、メアリーの言葉に少しずつ落ち着きを取り戻した。

「あなたたちは、神の国からきたといわれるが？」

「そのとおりです。――神の国の聖書を一冊置いて、私たちは帰ります。聖書を読めば、すべてがわかります」

と、メアリーはいうと、健一に左手を上げて合図した。

健一の光る体の胸のあたりから、黒いカバーの聖書が出てきた。彼は、カイザーに渡した。

続けてメアリーはいう。

「その聖書に従い、あなたは、この国を統治しなさい」

「はぁーっ！」

カイザーは、バリアを解除して宇宙服姿になった彼らを見ていった。

「ヘルメットを取ってくれませんか」

だが、当然、彼らは迷う。ヘルメットを取れば、頭のない人間にしか見えない。

メアリーはいう。

「宇宙服の中の私たちの姿は、あなたに見ることができません」

「なぜですか？」

「私たちは物質の体ではなく、魂の体だからです」

「タマシイ？」

「ああ、この惑星には、その概念もないのですね」

「メアリー、ヘルメットを取ってしまおうよ」

「………？」

メアリーが考えているうちに、健一はスポッと取ってしまった。

カイザーが驚いたのは、いうまでもない。悲鳴をあげて、ピラミッドの中に走って行った。

「まあ、しようがないわね。帰りましょう、健一！」

彼らは宇宙船に戻った。そして、来た時とは反対の方向というか、それもすべて田中の指示に従って、神の国に向かった。

帰りの船内では、あの光線のすさまじさについて、二人は田中にあれこれと聞いた。

カイザーたちが驚くのも当然のこと。光線の威力は、完全に太陽を破壊できるものだという。つまり、宇宙船は物質宇宙を破壊することもできる、とてつもないものなのだ。

光線のエネルギー源は、神からのものであるが、それ以上のことを田中は話さない。

だが、現在も聖書を学んでいる二人は閃いた。それは最後の審判の時、イエスは「太陽は暗くなり――」と聖書の中で述べている。よって、この宇宙船は、本当に物質宇宙を破壊する時に使われるものかもしれない。

今日は、正にその前兆のようなものを目撃した。

——そうこうしているうちに、神の国への入口である池を通過した。そして、あっという間に研修所の空き地に着陸した。

宇宙船から降りてきた二人のところに、田中とヘザーが駆け寄ってきた。

「御苦労さまでした」

「二人ともたいへんだったわね」

四人は、手を取り合って、無事の帰還と神から使命を果たせたことを喜んだ。まあ、神からの使命は、その第一歩だが。

健一は、研修所を見たり、キョロキョロとしている。それを見たヘザーはいった。

「健一さん、どうしました？」

「私たちがここを出発したのは朝の九時ですが、こちらではどれぐらい経過したのですか？」

「今は五時半です」

「えっ！　それでは……八時間半しか経っていないんですか」

「まあ、そういうことですね」

と、田中もほほ笑みながらいった。

それから、健一とメアリーは、週に一度のペースでギロンを改革していった。惑星には、四十二の国々がある。

核戦争をしている国があった。宇宙船は核攻撃を受けたこともある。だが、神の国の宇宙船は、地上のいかなる兵器をもってしても破壊することができない。ギロン人は、驚愕するだけだった。すべての国々の国王は、二人にひれ伏すことになるのだった。

そして、行く先々で聖書を渡してきた。


約十ヵ月後、ギロンの改革は、ソンガという国を残すのみとなった。ソンガは、漁業を主な産業とする島国だ。ニュージーランドの半分くらいの面積がある。

ギロンの中では一番平和な国だ。他国との戦争もないし、環境汚染もほとんどない。

ギロンの環境汚染はすさまじい。放射能汚染、産業廃棄物汚染などだ。ソンガだけが例外だ。が、しかし、ギロン人の体は、そのようなものに抵抗があるようだ。他の動植物も同様だ。なにしろ、核爆弾の熱でほとんど焼けてしまった木に新芽が出ている。――木といっても、高さが三百メートルくらいあるものばかりだが。

さて、ソンガという国は、女王が統治している。

――健一とメアリーは、女王のいるピラミッドに向かった。

国を統治する者の住みかがピラミッドなのにはわけがある。ピラミッドは、三角柱だ。田中の説明によれば、三角は階級意識の象徴なのだという。まあ、地球でも同じようなものだが。ギロンは、かつての地球にあったカースト制など比べものにならないほど階級社会が支配している。

ピラミッド自体も頂上近くに王や女王の部屋がある。その下が神官というように。そして、ピラミッドの中に住む者たちは、階級の高い者たちだ。

また、周辺に住む者たちも階級が高い。ピラミッドから離れるに従って階級が落ちていくというわけだ。ピラミッドは、国々のほぼ中央にある。

さて、健一とメアリーだが、ソンガの海岸線の上空を飛行していて驚いた。やはり、ものすごい津波が海岸に押し寄せる。

ソンガで漁業を営む人たちの家々は、海岸から五キロは離れている。それもそのはずだ。なにしろ津波の高さは、百メートルから三百メートルに達する。

海は、もっとすごい。荒れ狂っている。

彼らは、これまでギロンの海を見たことがなかった。というのも、島国はソンガだけなのだ。危険すぎて、島などには住めないということだ。

健一は、船内でもモニターの田中に聞いた。

「彼らは、どのようにして漁業をするのですか？」

「彼らの家のあるところから海底五十メートルくらいのところまでトンネルを掘ってあるので

す。よって、漁船は潜水艦です」

「えっ。潜水艦で漁業ができるのですか？」

「潜水艦には、ワイヤーの付いた銛《もり》が付いています。捕獲すれば魚を引っ張ってくるわけです。地球の鯨くらいの大きさの魚がほとんどですから、一匹捕獲しただけでもたいへんな収入になります」

——そうこうしているうちに、島の中央にある女王の住むピラミッドの真上に着いた。

例によって、入口のところに彼らは降り立った。

だが、女王はすでに入口を開けて、そこに一人で立っていた。神の国の宇宙船がきたとの情報を得ていたのだろう。

そして二人に向かって女王はいう。

「お待ちしておりました。私は女王のノビといいます。あなたがたのうわさは、ギロン中にとどろいています。——どうか導いてください」

女王は、深々と頭を下げた。

どうやら、ギロンは、ほぼ改革の方向に向かっている。最後の国に来ると、導いてくださいという言葉が聞けた。

女王は、この惑星では小柄だが、二メートル近くはある。

実は、二人がこの惑星で女性を見るのは初めてだ。

女王は、女性らしく顔が柔和だ。だが、髪の毛はない。頭には、やはり王冠を被っている。体は、ブルーのドレスのようなもので包まれている。胸は、ふっくらとしているのがわかる。声も正しく女性の声だ。

「健一、緑色のボタンを押して」

「あっ、ん……」

二人は、宇宙服姿になった。

「私はメアリーといいます」

彼女は手を差し伸べた。女王ノビもすぐに手を差し伸べて、二人は握手を交わした。続いて健一もだ。当然、彼も名を名乗った。

女王はいう。

「実は私、以前から太陽を神としていることに疑問を持っておりました。殺人を犯す神ですから」

「殺人ですか？」

「そうです、メアリー様。暑い季候の国々では、毎年、多くの死者が出ています。年々、ひどくなる一方です」

「環境汚染の弊害ではありませんか？」

と、健一がいった。

「いいえ。これでもギロンの環境汚染は、以前よりもよいのです。しかし……ここ十ヵ月くらいは、ひどいのです。国によっては、摂氏七十度にもなる地域があるそうです」

「メアリー、太陽神バウルの仕業だ。何とかしなければ」

「早急にその問題を解決しましょう」

そして健一が聖書を手渡した。女王は、聖書を抱き締めた。

「……お二人の御姿を見ることはできませんか？　カンタレ国のカイザー王などは、宇宙服の中は空だったとかいっていたそうですが」

「そうですね、あなたには見えるかもしれません」

「な、何をいうんだ、メアリー。それは不可能だろう」

「神にお願いするのよ」

メアリーは、胸に手を当てて「神よ。謙虚な女王と私たち二人に恩寵をお与えください」と、つぶやいた。

次の瞬間、ヘルメットを取った。

「おお、見えます。何とお美しい。メアリー様は女性ですね」

「はい」

健一もヘルメットを取った。

「健一様もお美しい」

「私は男性です」

「それに比べて、醜いギロン人である私……」

女王ノビは泣き出した。

メアリーは、彼女の肩に手をやって、いう。

「あなたも神の国の住人になれば、どのようにでも美しくなれますよ」

「そ、そうですか。ありがとうございます」

「では、これで帰ります。さようなら！」

メアリーは、そういうと空中に浮き上がった。健一もメアリーに続いた。

女王ノビは、手を振りながら何度も頭を下げた。

彼らは、船内に戻った。

「最後のソンガという国にきて、ホッとした気分だ」

「私もそうよ」

その時、モニターから田中だ。

「これで一段落ですね。二人ともよくやってくれました。あとは、太陽神バウルを倒すだけです。

いや、バウルを神の国に持ってきてもらいます」

「えっ！　持ってくる？」

二人同時にいった。

田中のいっていることが、さっぱりわからない。

「詳しいことは、研修所の会議室で説明します」

田中は、そういうとモニターから消えてしまった。

船内は、少しの間、二人とも無言のままだ。

「メアリー」

「ん」

「そもそも太陽神バウルというのは、太陽の中にいるんだろう。宇宙船ごと太陽の中に入って行くわけか？」

「そういうことになるわね」

「だいじょうぶかい？」

「太陽の熱など何の関係もないと思うわ。事実、何度かギロン人の核攻撃を受けても何ともなかったでしょう」

「そうだね」

——そして彼らは、次の週の休みの日に、田中から太陽神バウルをどうするのか説明を聞いた。

田中はいう。

「バウルの神殿が太陽の中心、すなわち核の部分にあります。そこだけ空洞なのです。まずは、宇宙船でそこまで行ってもらいます。そして、バウルに麻酔銃を打ち込んでください。それから

――」

「麻酔銃ですか。どのようなものです？」

「今村さん、ちょっと待ってください」

そういうと田中は、テーブルの上の電話を取った。

数分して、部屋をノックする音がした。田中の助手と思われる人が、一メートルくらいの細長いケースを持ってきた。また、左手に三十センチ四方のもう一つのケースを持っている。

二つのケースは、テーブルの上に置かれた。

田中は、まず細長いほうのケースを開けた。麻酔銃だ。地上のものと変わらない。先端に針の付いた弾丸がセットされている。弾丸はスペアが五発ある。

田中は説明する。

「麻酔銃の操作は簡単です。バウルに向けて引き金を引けば、弾丸は必ず命中します。弾丸は誘導弾です。バウルが逃げても、どこまでも追いかけます。何か質問は？」

二人とも納得だ。だが、地上にいた時、誘導ミサイルというのは知っていたが、誘導弾とは驚きだ。

「麻酔銃の操作は、今村さんにやってもらいます。よろしいですか？」

「はい」

田中は、次に三十センチ四方のケースを開けた。だが、中は空だった。ケースの内側は緩衝材のようなもので覆われている。

「それは何でしょう」

と、メアリーがいった。

「実は、麻酔銃でバウルを眠らせた後に、体を縮小する薬も弾丸に入っているのです。このケースにスッポリ納まることになっています」

「えーっ！」

二人とも同時に驚きの声を上げた。

「メアリーさん、あなたが小さくなったバウルをケースに入れて持ってきてください。バウルはたいへんな神々でした。神の国で改造して本来の太陽神に戻します。また、二度と悪魔にならないように、さらなる改造をします」

「あの……バウルに弾丸を打ち込んでから、眠っている時間と縮小している時間は？」

と、健一が質問した。

「心配は無用です。神の国で手を加えない限り、目覚めることも体がもとの大きさになることもありません」

「それを聞いて安心しました。宇宙船の中で目覚めて大きくなられたらたいへんです」

今度はメアリーが質問する。

「太陽神バウルのいなくなった太陽はどうなるのですか？　司る者がいないと太陽は活動を停止

するでしょう」

「いや、だいじょうぶです。こちらで新たな太陽神を誕生させました。すぐに送り込みます」

「そうですか。——しかし、神の国の科学というか、ものすごいですね。それに比べて地上の科学なんか……」

「科学を本格的に学び研究できるのは、こちらの世界なのです。神の国に帰還することが先決です！　まずは、すべての人類が、神そして魂について学ぶべきなのです」

田中は、めずらしく興奮気味にいった。だが、彼のいうとおりだ。しかし、地上の科学者のほとんどがわからないことだ。無知としかいいようがない。

——そして、来週の研修が休みの日に、神からの使命の最終段階を遂行することになった。


その日の朝がきた。

最初の日と同じように、ヘザーも見送りにきた。

田中はいう。

「今日で二人は、神からの使命をすべて果たすことができます。ここまで来れたのは、神の恩寵に尽きます。四人で祈りませんか？　主の祈りを」

「そうしましょう」

と、健一がいった。

「では、今村さんが唱えた後に、私たちはついていきます。どうぞ祈りの言葉を」

——祈りの合唱は、神の国に響き渡った。祈りが終わっても、しばし彼らは動かない。四人とも感動の嵐だった。

「では、出発してください」

と、田中はいった。

「行ってきます！」

二人は、同時にいった。

「健一さん、メアリーさん、がんばってーっ！」

ヘザーは、最初の時のように言葉を送った。

宇宙船は、浮上すると、あっという間に消え去った。

「田中さん。私は、彼らが戻るまで家にいます。また、神に祈らなければ……」

「やはり心配なのですね。しかし、ヘザーさん、がんばるのは本当は彼らではないのですよ」

「えっ？」

「神が、がんばるのです。神の国の人類は、神の後に付いて行けばよいのです。実は、地上の人類にも同じことがいえます」

「はっ」

「彼らは、神からの使命を果たすといっても、実は神の操り人形になっているだけです。よって、使命も研修の一つなのです。

おわかりいただけましたか？」

「はい」

ヘザーは理解したようだ。

とても意味深長な言葉を聞いた。

「田中さん。あなたは、いったいどういうお人ですか？　神の国のどこに住んでおられるのですか」

「私は、神の体の中の世界から外に出てきているのです。地上の言葉でいえば、出張ですね。今は、研修所の一室に住んでいます」

ヘザーは恐縮した様子を見せた。

「た、たいへんな方なのですね。――ありがとうございました」

「いゃぁー、私に感謝する必要はありません。神に感謝してください。私も神の操り人形です。――ん？　時々、そうでなくなる時もありますね。あっはっは。まだまだ未熟者です」

田中は、接していても気さくな科学者という印象なのだが、その本質はヘザーがいうようにたいへんな人物であった。

――そのころ、宇宙船はギロン宇宙に出た。

彼らは太陽に向かって一直線だ。

健一は、気が急《せ》ったのか、少しアクセルを吹かした。すると、一瞬、船外の景色が確認できなくなった。そして、アクセルを戻した瞬間、燃え上がる巨大な太陽が迫っていた。プロミネンスが見える。

「健一。危ないわね！」

「ごめん。もう少しで太陽に衝突だった……」

「宇宙船は衝突しても、太陽さえ突き抜けてしまいます。だいじょうぶです」

と、モニターから田中だ。

「そのままゆっくりと直進して、太陽の中に入ってください」

しかし、ものすごい光度だ。彼らは魂の眼だから平気なのだ。だが、健一が夢の中で見た神の王国は、さらに明るい。

また、船外、船内もすごい温度なのだが、これも関係ない。宇宙船と同様、彼らの魂の体も地上の熱とは関係のない存在だ。

メアリーは、黄色い巨大な炎の一面の世界を、とても美しいという。神の芸術だともいう。

「あれ？　おかしいわ」

彼女は首をかしげていった。

「何が？」

「太陽は、外側から対流層、輻射層《ふくしゃ》、中心核になっているはずだけど、光度が変わらないわ」

「？」

「つまり内側に進むほど明るくなるのに、さっきから黄色い炎の世界でしょう」

「ん、そうだね。でも、太陽を輪切りにしてみないと、そんなことわからないよ」

「きっと太陽が燃えているのは、熱核融合反応じゃないんだわ」

「それじゃ何だい？」

「――神のなせる術ね」

「君は、ギロンの最初の国で太陽に光を与えているのは神だと、そこの国王にいっただろう。何とか反応なんて関係ないんじゃないか」

「そうね。ふーっ。地上の科学は宇宙の物理現象の基礎も解けていないのね……」

「地上の科学など、どうでもいいよ。そもそも、生前、君は宇宙のメカニズムを動かす根源は神だともいっていただろう」

「そうだったわね」

というと、メアリーは苦笑いだ。

その時、モニターから田中だ。

「もう少しで中心核にある太陽神バウルの世界です。直径十キロくらいの世界です」

実に太陽の中心は、空洞だった。

そして、中心核に宇宙船は入って行った。そこだけが太陽の中で炎が燃えていない世界だ。光度も、燃えていないだけ下がる。

地表は白い砂のようなものだ。その上に建造物が確認できる。建造物は、すべて赤だ。

「あっ、あれは何だ！」

健一は、窓から船の左前方を指差した。

「赤い鳥の群かしら？――違うわ、コウモリの大群よ」

「あれは、やはり悪魔と化したバウルの配下の者たちです。攻撃してきたのですが、バリアに包まれたこの船はびくともしません。安心してください」

と、田中は説明する。

「体が赤いだけで、私たちの宇宙の魔界にいた悪魔とそっくりじゃないか。コウモリの翼と獣の頭と、その体。角がついているが笑っちゃうよ。悪魔なんて、どこでも同じような演出しかできないんだ」

健一は余裕の表情でいった。

もっとも無敵の宇宙船に不死身の魂の体だ。

その威力は、すぐに発揮された。槍や弓や剣で攻撃してくる悪魔たちだが、宇宙船のバリアに少しでも触れると、バタバタと下に落ちて行く。

田中は説明する。

「悪魔たちは、バリアのショックで気絶して落ちて行くのです。地上でいう電気に感電した状態に近いですね。彼らは死んではいませんが、もう動くことができません。いずれ神の国の使者が回収にきます」

約四十匹くらいの悪魔は、すべて空から落下した。

「バウルの神殿の入口に向かいましょう。今村さん、降下してください」

やがて神殿を発見した。

そして、近づくにつれて、その神殿が何であるかがわかった。

神殿の真上に大きな皿のようなものもある。そこから上空に向かって何本もの稲妻が走っている。異様な光景だ。そもそも稲妻は、上に走ることがあるのだろうか。

さらに近づくと、稲妻の光はこの世界の天井に達している。いや、当たっているのだ。所詮《しょせん》は、直径十キロほどの球の中だ。しかも、その中に地表があるのだから、天井の高さは五キロくらいしかないかもしれない。

また、天井、すなわち球の壁はたえず右に回転している。

田中は説明する。

「あのドームから走っている稲妻が、太陽に光を与える源泉です。しかし、そのさらなる源泉が神の国にあります。そして太陽神は、あの稲妻を調整するだけの存在です。ドームの下に調整する装置があるのです。あの稲妻の光は多すぎます。あまりにも活発に太陽を活動させています」

「ああ、それでわかりました。摂氏七十度にもなる国があると聞きました」

と、健一はいった。

「そうです。悪魔と化したバウルは、ギロンの神官たちをそれで脅しているのです。いけにえをもっと供えないと国中を火の海にするとか。それと私たちに対する怒りです。そして、ギロンを悪魔の惑星にして、邪神として君臨するつもりなのです」

——宇宙船は神殿の入口に着陸した。

神殿は、赤い石を積み上げて造られたように見える。

神殿は大きい。入口も大きい。扉はなく、がらんどうだ。

彼らは宇宙船から降りて、入口の前に立った。もちろん二人とも、例のケースを持っている。

健一は早速、麻酔銃、いや、麻酔縮小銃を取り出した。そして構えて待機だ。

メアリーは大声で神殿の主を呼ぶ。

「バウル、出てきなさぁーい！」

「シャーン！」

バウルではなく、別の怪物が出てきた。頭と首が三つある大蛇だ。

すると、一瞬のうちに健一は飲み込まれてしまった。銃を構えて動かない姿勢でいたのがまずかった。

「し、しまった」

と、メアリーはつぶやいた。

さて、健一は大蛇の体の中だ。真っ暗で何も見えない。その時、彼の胸の中から田中の声がした。

「銃を発射してください」

健一は、すぐに引き金を引いた。

大蛇は、かま首を持ち上げて、メアリーに襲いかかろうとしていた。が、すぐにドスンという音とともに動かなくなった。

その直後、大蛇は消えた。そして、健一が立っていた。

彼の周囲の地を見ると、木っ端微塵になった大蛇の小さな肉片が散乱していた。それと、針の付いた弾丸が彼の二メートル後ろに落ちていた。――やがて大蛇の肉片は消滅した。

健一は、すぐにケースのところまで走って、スペアの弾丸をセットした。

田中は、大蛇はバウルの守り神とされているが、魂を持たない創造物だと通信してきた。よって、破壊しても問題なしだ。

そしてバウルの登場だ。

サタン同様、他の悪魔たちよりも体が大きい。姿、かたちもサタンとそっくりだ。全身が赤い毛で覆われているだけだ。顔は、サタンよりも見難い。

それと体に鎧《よろい》を付けている。すでに健一たちを警戒していたのだろう。また、右手には大きな斧のような剣を持っている。

バウルは、メアリーに剣を振りかざした。

「ウォーッ！」

「ガシャーン！」

バリアに包まれた彼女に、剣の攻撃など通用するわけがない。

それどころか、

「か、体がしびれるーっ！」

バウルは苦しみ出した。

彼らの体を覆うバリアは、宇宙船のものと変わらない。

「ドスーン」

バウルは、仰向けに倒れた。

「今よ、健一ーっ！　鎧の付いていない首に弾丸を打ち込むのよ」

一メートルくらいの至近距離から発射された。

約数分で鎧を残してバウルの体は消えた。

メアリーは、鎧の中からバウルの体を取り出した。全身二十センチくらいに縮小した。そして、直ちにケースの中に納めた。

「終わったわ」

「ん、終わった」

「さあ、帰りましょう」

彼らは、出発した。

――太陽を抜け出すと、惑星ギロンが見えてきた。

健一は、「ギロンの人類に神の恩寵を」と、つぶやいた。いや、祈った。

帰りの船内では、二人ともほとんど無言だった。それぞれギロンでの体験を振り返っていたのだ。

――研修所の空き地に宇宙船は着陸した。最後の帰還だ。

出迎えは、やはり田中にヘザーだ。神からの使命を果たしたのだから、大勢の人たちに迎えられてもよさそうだ。だが、他の研修生の中にも彼らと同じことをしている人たちがけっこういるらしい。めずらしいことではないのだ。

メアリーとヘザーは、抱き合って喜んだ。

健一は、田中と両手を取り合い、おたがいを讃《たた》え合った。そしてメアリーもだ。

ヘザーは健一のところに来ると、手を差し伸べた。二人は握手を交わした。

「おめでとう健一さん」

「ありがとうございます」

と、どうだろう、彼はヘザーに抱きついた。

「ヘザーさん。あなたはやはり、アメリカの女優のジェニファー・ラブ・ヒューイットにそっくりだ。いや、彼女より美しい」

「そ、そうですか」

それを見てメアリーはいった。

「健一。あなたのことは、もう知らないわよ！」

「あっ、そう。それならヘザーさんに恋人になってくださいってお願いするよ」

二人は、しばし、ふくれっ面をしていた。だが、その後は大笑いだ。もちろん四人で。

——田中はいった。

「私の本当の名前は、シンといいます。お別れの時が来ました。最後に研修所の地下３０２号室に行ってみてください。宇宙船の別の使い方がわかるはずです」

すると、西の空からシンを迎えに来た宇宙船がやって来た。

「さようなら」

そういうと、シンは宇宙船に乗り込んだ。

「さようなら！」

健一たちは、大声で別れの言葉を告げると、両手を振った。

宇宙船は、あっという間に西の空に消えていった。

タイムマシン

三人は、健一の家の一階の部屋でくつろいでいた。ギロンでの体験を、健一とメアリーはヘザーに話したりしていた。

やがて、その話も尽きた。

そして健一はいう。

「田中、いや、シンさんのいった宇宙船の別の使い方って何だろう。研修所の地下の三〇二号室に行けばわかるといっていた。メアリー、ヘザーさん、行ってみようよ」

「そうね。そうしましょう。何かワクワクしてきたわ。それに、今日も研修が休みの日だしね」

と、ヘザーがいった。

早速、彼らは研修所に一直線に飛び立った。やがて研修所に着き、ドアが開くと、さて地下室だ。だが、三人とも地下室に降りたことなど一度もないのだ。

「コツコツコツ」彼らの靴の音だけが響く。

「三〇二号室というのは、地下三階のことかしら。とにかくエレベーターのところまで行ってみましょう」

と、メアリーが先頭になって歩いて行った。

やがて、エレベーターの前に来た。だれかが下の階から上がって来たようだ。

エレベーターが止まり、ドアが開いた。

「あっ、こんにちは」

中から出て来たのは女性だった。小柄で黒髪で、ちょっと丸顔だが美人だ。そして、とても知的な感じの人だ。白衣を身に付けている。

三人も遅れてあいさつをした。

健一はいった。

「研修所の地下室って何なんですか。私たちは、今日、初めて来たんですけど」

「ほとんどが研究室です。私たちは地上にいる時、学者でした。研究の続きをこちらでやっているのです。ただし、研修の合間にですけど。

あ、私はリリアノと申します」

「私は今村です。そして、こちらがメアリーで、そしてヘザーです」

「リリアノさんは、何の研究をされているのですか？」

と、メアリーが質問した。

「バイオテクノロジーを使わないで、地上の植物を巨大化させるための研究です。目的は、飢餓で苦しむ人々を救うためです」

メアリーはうなずいた。

「しかし、危険な研究でもあるのです。もしも動物を巨大化させてしまったら、それこそたいへんです」

「そうですね。――あっ、ここから三〇二号室に行くにはどうしたらよいですか」

と、健一がいった。

「簡単ですよ。三階まで降りれば、すぐに三〇二号室です」

「ありがとうございました。では、メアリー、ヘザーさん、行ってみようか」

そして、リリアノと軽く会釈を交わして、三人はエレベーターに乗り込んだ。

エレベーターの中でヘザーは、「三〇二号室も研究室なのかしら」という。

エレベーターを降りると、三〇二号室はすぐのところにあった。

健一がドアを開けた。そして彼はいった。

「何だこれ、宇宙船の操縦室じゃないか？　なあ、メアリー」

「いや、健一、ちょっと違うんじゃない。コックピットの上に大きなテレビ画面のようなものがあるでしょう。それに窓がないわ」

「ん？」

「あっ、操縦席の上にマニュアルのようなものがあるわ」

とヘザーがいうと、手に取って中を開いた。

彼女は読み始めた。

「宇宙船は、タイムマシンでもあるのです。ただし、地上の世界でのことです。地上の世界では、相対性理論は正しいのです。

この研究室は、宇宙船を遠隔操作するためのものです。ですから、宇宙船を地上の世界に出して光の速度で走らせれば、未来の世界が見られるのです。天地創造や最後の審判を見ることもできるでしょう。

そして、神の国でつくったタイムマシンは、過去に戻ることができます。地上の世界では、たとえタイムマシンができても未来にしか行けない。それが原則です」

このような書き出しになっていた。

「専門用語なんかは、ほとんどないみたいね」

と、ヘザーは、その後のページをペラペラとめくった。

「とにかく明日からこのマニュアルを、三人で研修終了後二時間くらい輪読するところから始めましょう」

健一もメアリーも納得した。

早速、次の日から始まった。

だが、専門用語がほとんどないといっても、難しい記述がある。

「Cは光の速度、Uはロケットの速度で、UがCに近づくほどこの式はゼロに近づき、ついに、U＝C、つまり、宇宙船が光の速度になると、宇宙船の時間の進み方はゼロ、つまり未来に一瞬にして行けるのです」

「メアリー、なんだい、それは？」

健一には、さっぱりわからない記述だ。

「あとで簡単に説明してあげるわよ」

そうして約一週間でマニュアルを読み終えて、三人とも、宇宙船はタイムマシンであることが理解できた。

また、宇宙船の遠隔操作の方法も、三人ともマスターした。

そして、研修が休みの日に実験が開始された。実験室から遠隔操作で、神の国と地上の境である池を宇宙船で越えさせた。

直後、太陽系宇宙がコックピットの上の大きな画面に映し出された。

「神の国もそうだが、太陽系宇宙も美しい」

健一の一声だ。

彼らの実験は、太陽系の軌道上に宇宙船を乗せて光速で回転させる。そして、時々、宇宙船を止めて、画面で未来の地球がどうなっているのか見るのだ。

過去に戻る場合は、軌道上を逆回転させて、全く反対のことをする。

あっという間に、宇宙船は地球のそばまで来た。いよいよ実験開始だ。

まずは、光速で軌道上を回転させる時間を十分にした。

そしてストップさせた。

テレビ画面に地球を映し出した。だが、何も変わった様子がない。

「画面に映っている地球は、西暦何年になっているのかしら？」

と、ヘザーがいった。

「それが、この実験の目的かもしれませんね」

と、健一が答えると、彼はレバーを握り締めた。

「今度は二十分にしようよ」

二人ともうなずいた。

そして、またストップ。

「ああ、地球がくすんで見えるわ」

今度はメアリーの一声だ。

「拡大して地表を見てみよう」

健一は、操作を開始した。

やがて、それが何であるかがわかった。西暦何年かはわからないが、人類は核戦争をやってしまったのだ。日本も焼け野原だ。

「見たくない！」

そういうと、健一はレバーを操作した。

青い地球が見えた。そして地表を見た。

「ああ、日本列島がなくなっているよ」

「当然よ、健一。もう西暦何年とかじゃなくて、何万年も過ぎた地球を見ているのよ」

と、メアリーがいった。

「そろそろ、地球の最後を見届けたらどうかしら。メアリーさん、地球の最後ってどうなるんですか」

と、ヘザーが質問した。

「太陽が赤色巨星になって、地球をのみ込むというのが一般の宇宙物理学の説です」

「では、一時間くらい宇宙船を飛行させましょう」

と、健一はいうと、レバーを操作した。

そして一時間経った。

画面に映ったのは薄暗い地球だ。だが、太陽にのみ込まれているわけではない。

画面に太陽を映した時、それが何かが、すぐわかった。太陽は三つに裂け、輝きを失い、赤くなっていた。どうやら物理学の理論は間違っていたようだ。

実験室のスピーカーからは「ビーン」という奇怪な音がする。太陽が断末魔の叫び声をあげているのだ。

そして、画面で地球を映し出した時だ。無数のホタルの光のようなものが天に昇って行く。三人は、それが何を意味するのかわかっている。ホタルの光のようなものは、人類の魂だ。時は今、最後の審判なのだ。いや、救いの時というべきだろう。

三人は無言でそれを見ていた。彼らは感動で何もいえない。

三十分くらい見ていただろうか。健一がいった。

「もっと未来の地球も見ようよ」

「そうしましょう」

メアリーとヘザーは同時に返事をした。

彼らは見た、幾多の宇宙の帰滅と誕生を。また、ノアの洪水のように青一色になる地球も見た。あるいは、白一色の氷河期などを。

彼らは、二十四時間、宇宙船を飛行させたが、画面に映るのは決まって、それまでのような地球の様子だった。

そして彼らの出した結論は、必然のメカニズムによって未来は永遠に続くということだ。

再び地上へ

神の国は自由で楽しい。今村健一は、神の国に来て約三年になった。友人もたくさんできた。地上にいる時のように、余暇を利用してはスポーツをしたりと、楽しみは変わらない。

だが、嫌な思いをするものが一つだけある。彼の家の書斎にある輪廻転生の記録だ。約千冊あるが、どれも、読むたびゾッとするものばかりだ。ただ、あまりの冊数で、すべてに目を通すのには何年もかかる。

健一は、読むたびに、自分はなんという悪人だったのかと嘆く。まだ記録には出てこないが、おそらく殺人を犯したこともあるはずだ。たとえば､武士として生まれた時などにだ。あるいは、その他の理由で。

輪廻転生の記録を、毎日、時間を決めて読むことも研修の一つとされているが、彼は、ないほうがよいといつも思っていた。

また、記録を読んでの感想の一つとして、自分勝手であったことだ。まあ、これは人間として生まれれば、だれにもあることだが。

江戸時代の頃の記録によれば、自分勝手に商売をやめてしまったために、家族にひもじい思いをさせてしまったこともある。

自分勝手。エゴイズム以外の何ものでもない。

そして、一週間くらい自分を責める日々が続いた。研修も、一日おきに休みをとった。

そんな彼を心配して、メアリーが彼のところに来た。

「健一、どうしちゃったの？」

「私は罪深い人間だ。神の国にはふさわしくない」

「地上にいる時の反省をしているのね。でも、それは地上で懺悔として十分過ぎるほどやったじゃない」

「メアリー。私は殺人を犯したこともあったんだよ。ある時の妻に堕胎をさせた。経済的な理由で……」

「それは殺人にはならないでしょう」

「いや、間接殺人だ。殺人なんだよ！」

そういうと彼は泣き出し、うずくまった。

「健一！　私たちは地上での罪を清算して、神の国に来たのよ。めそめそするのはやめなさい！」

「ダメだ！　輪廻転生の記録を見ると、どうにもならなくなる」

「ふーっ。困ったものね。記録を見る基本は、今となっては第三者の目で見ることでしょう」

「それが、この私にはできない」

それから彼は、研修所には来なくなった。自宅の書斎で例の記録を見ては嘆く日々が続いた。実は、こんな思いをして日々を送っているのは、神の国で彼だけだ。

そして、次第に、地上の人たちの幸福のために自分にできることは何かないかと考え始めた。それから彼は、一階の部屋で禅定瞑想に入った。ピクリとも動かなくなった。心配してメアリーやヘザーが来ても、一言も語らない。

ひたすら、地上の世界に思いを馳せていた。神の国で楽しく暮らしている自分が、地上で苦労している人たちに申し訳ないとさえ思っていた。地上には、どん底の生活をしている人たちもたくさんいる。

彼は、十日経っても禅定瞑想をやめない。彼の背中からは、青白いオーラが出ている。それは、神の国ではよくない兆候だ。

だが、彼の思いはすごいものだ。自分は地上で最後の人として神の国に来るべきだと思っていた。それが結論なのだ。不幸な人が地上に一人でもいると自分の平安はない。神の国は一心同体だが、地上の世界も同じではないのかと。神の国も地上も関係なく、一つなのだと。

さらには、地上の悪人たちにも哀れみの思いが湧いた。彼らは、何をしているのかわからないだけだ。何が善で何が悪かを教える人が彼らの周囲にいないのだ。

それから一週間して、彼はやっと禅定瞑想を解いた。そしてメアリーのところに行った。

「メアリー、私は地上の世界に戻れないだろうか？」

「な、なにをいうのよ。やっと神の国にたどり着いたというのに」

「地上で苦しんでいる人たちを助けたいんだ。すべての人が幸福にならないうちは、神の国には永久に戻らない」

「預言者にでもなって下生するつもりなの？」

「いや、違う。人々の縁の下の力持ちみたいな存在になりたい」

「健一！　私はどうなるのよ。私たちは恋人同士でしょう」

「メアリー、許してくれ……」

そういうと、彼はメアリーの家の外に出て、神の国と地上の境界である池に向かった。

池の淵で彼はつぶやいた。

「神よ。私はどうしたらよいのでしょうか。メアリーも愛しいのですが、地上の世界が気になってどうしようもありません」

そして、主の祈りを何度も何度も祈った。

だが、神は答えてくれない。沈黙があるだけだ。

彼は、重い足を引きずりながら、家に向かった。

家の近くまで来ると、家が光っているように見えた。

なんと、玄関のところにイエスが立っているではないか。

健一は、イエスの前に跪《ひざまず》いた。

イエスは告げた。

「今村健一、顔を上げなさい」

健一はイエスと目線が合った。

「あなたは、地上に預言者として下生しなさい」

「イエス様、お言葉ですが、私は預言者でなくても構わないのです。地上の人たちに何かの役に立てば、それでよいのです」

「では、私の命令としましょう。あなたは、預言者として地上に下生するのです」

少し沈黙の時間が流れた。

「イエス様、私は地上のどこに下生するのですか？」

「神の国に来る前に住んでいた日本の東京です。今では、治安も乱れ、人々の心は荒んでいます」

「下生してからの職業とかは……」

「カトリックの神父です」

「ああ、神父なら結婚できませんから、メアリーとは恋人のままでいられますね」

イエスは、ほほ笑んだ。

「それからイエス様、預言者というのは、自分がどこから来て、どこに行くのかわかっている人ですよね。それと、人々に何を伝えるかもです」

「七歳くらいになれば、自分のすべてがわかります。それから、肉体を地上に置いて神の国に来ることもできます」

「ああ、それなら、いつでもメアリーとも会えますね」

「そうです」

健一は、にこやかな顔になった。いったい何日ぶりだろう。

「それから、私が下生するのはいつですか？」

「三日後です」

「池に飛び込めばいいのですね」

「はい」

そういうと、あっという間にイエスは消えた。


その日の夜、健一の家にメアリーとヘザーを呼んで、イエスとの出来事を話した。

メアリーは、彼が地上の世界に行くことを納得したようだ。

そして、いう。

「預言者って危なくない？」

「ああ、バプテスマのヨハネは処刑されたね。でも、何があっても私は平気だよ。人は魂である。

肉の存在ではない！」

「健一さん、実にかっこいいことをいいますね。預言者らしくなったわ」

と、ヘザーがいった。

「メアリー、ヘザーさん、神の国では本当にお世話になりました。それと、三人での思い出を振り返ると楽しいことばかりで、ありがとうございました」

「私たちこそ、お世話になりました」

ヘザーが謙虚に答えた。

「でも、預言者になるということはすごいことよね。だって、こちらでの研修の何倍もの実践的な研修をするわけでしょう」

と、メアリーがいった。

「まあ、とにかく地上でやれるだけのことをやってみるよ。きょうはどうもありがとう」

健一がそういうと、二人は帰って行った。


ついに、健一の下生の日が来た。時間は正午を回ったところだ。

池の淵に健一が立っている。そのまわりを囲むように、メアリーとヘザー、それに友人たちが立っていた。

健一とメアリーは抱き合った。

メアリーはいった。

「健一、また会おうね。きっとよ」

あの時と同じ言葉を彼女はいった。

「ああ、神の国に戻ったら、今の姿になって、また楽しく研修をしよう」

ヘザーとは握手を交わした。

最後に健一はみんなにいった。

「私がこれから預言者として地上に下生するのも、すべては神の恩寵です。私たち人類の目的は、どこまで達しようが神です。今日は、皆さんありがとうございました」

メアリーは、聖歌アメイジング・グレイスを歌い出した。

「ア〜メージング・グレイス――」

メアリーに続いて、池の周囲のみんなも歌い出した。大合唱になった。

その時、池の向こう側にイエスが現れた。イエスは両手を上げていった。

「今村健一、ゆきなさい！　自由の教えを地上の人たちに伝えよ！」

健一は、池に飛び込んだ。


地上では、その夜、東京の空に一つの流星が流れた。

参考図書

『聖書新改訳』（いのちのことば社）
『カトリックとプロテスタント』（サンパウロ）ホセ・ヨンパルト著
『バガヴァッド・ギーター』（岩波書店）上村勝彦訳
『超物理学入門』（池田書店）橋本健著

〈著者紹介〉

宇野　ひろし（うの　ひろし）

1958年、茨城県常総市生まれ。
フランスの思想家シモーヌ・ヴェイユの信奉者。
大学卒業後、コンピューターの仕事に就く。
脱サラ後は、農業の仕事に従事。
農業の傍ら文筆活動をする。
近年の著書に『シモーヌ』（新生出版）がある。

アメイジング・グレイス

定価（本体1400円+税）

乱丁・落丁はお取り替えします。

2016年1月 4日初版第1刷印刷
2016年1月15日初版第1刷発行
著　者　宇野ひろし
発行者　百瀬精一
発行所　鳥影社 (www.choeisha.com)
〒160-0023 東京都新宿区西新宿3-5-12トーカン新宿7F
電話 03(5948)6470, FAX 03(5948)6471
〒392-0012 長野県諏訪市四賀229-1(本社・編集室)
電話 0266(53)2903, FAX 0266(58)6771
印刷・製本　シナノ印刷

ISBN978-4-86265-549-3 C0093